科學破案少女 重案版1

靈光乍現的線索

Science × Detective

陳偉民——著　LONLON——繪

作者序

想起彼當時

《大家來破案》專欄前後共集結出版了六本書，最後兩本以《科學破案少女》爲名，插畫風格活潑，令人耳目一新，幼獅出版社決定將前四本改版，修訂成科學破案少女的風格，重新出版。

這對我來說，當然是個好消息，便將舊的書稿重新拿出來回味一番。因是多年舊稿，閱讀之際，前塵往事一一浮現，彷彿又把自己人生中最輝煌的日子又活了一遍。我不禁思考，如果沒有走上科普寫作這條路，我會擁有什麼樣的人生？我不知道，但是那就不是我了。

我自幼愛讀書，有書就讀，不加篩選。國中時，舅舅家有三民書局的叢書，我暑假去，從第一本讀起，一個暑假可讀幾十冊。後來外公從事資源回收，收到的舊書，我也是搶先看。當時也不知爲什麼要看這些雜七雜八的書，就只是愛看而已，但是日後這些看似不相干的內容，自己發生化學變化，形塑了我。

擔任國中教師時，有個電視影集叫「百戰天龍馬蓋先」，用科學知識化險為夷，深受學生喜愛，因此學生常要我在課堂上講解其中原理。別班學生得知後，也在走廊「堵」我，因為他們的老師不但不肯講解，還要他們少看電視。我被學生包圍的畫面看在國文科林繼生老師（後來擔任武陵高中校長，現為六和高中校長）眼裡，便要我把講解的內容寫出來，刊登在他主編的《青年世紀》。我不肯寫現有的東西，我要自己創作一系列用科學解決困境的故事，就這樣走上了科普寫作之路。

前述專欄的文章，後來經林繼生老師引介，由幼獅公司出版，名為《智多星出擊I、II》，這是我與幼獅公司結緣的開始。

因為這兩本書的出版，引起當時臺北市中山國中周麗玉校長的注意，邀我加入國立編譯館的教科書編寫團隊，參與理化課本的撰寫。初稿完成之後，接受各界專家批評，其中吳嘉麗教授即指出，書中所有科學家均為男性，連插圖中之教師與學生亦為男性，如此書籍將給予女生錯誤觀念，以為科學是男生的專利。我雖自認沒有重男輕女的觀念，然而檢視全書，確實如吳教授所言，完全是男性觀點。於是痛改前非，在課本第一頁就放女科學家吳健雄博士的照片，並介紹其成就。同時找來國中女生，重拍所有實驗照片，最後讓全書中女性出現的次數略多於男生。

後來動畫《名偵探柯南》大受歡迎，我體認到偵探故事可以是介紹科學的媒介，因而開設「大家來破案」專欄，同時放棄老男人，改以高中女生爲主角，明雪就這樣誕生了。

如果各篇文章以寫作時間排序，可以看出早期的章篇，如《靈光乍現的線索》中的案件一〈池畔屍體旁的白色沉澱〉、案件二〈火災廢墟中的發光痕跡〉、案件三〈染血的白色舞衣〉等篇都涉及命案。因而有人質疑「給小孩子看的文章，出現那麼多屍體好嗎？」所以後期的作品就放下屠刀，留給裡面的角色一條生路，就算被刺殺，也都救得活。有時我還滿羨慕柯南，他幾乎每一集都可以說：「凶手就在我們之中」。

明雪的父親是化學老師，明雪和明安分別是高中生及小學生，所以故事中多次提及教學現場與實驗活動，目的是提供破案的背景知識。那些場景大多真實發生在我的學生身上，例如前述「池畔屍體旁的白色沉澱」案件中，描寫明雪配製硝酸銀溶液，未戴手套，未用蒸餾水，而是使用自來水，結果手上出現一大塊汙漬，而且配出來的溶液混濁，必須重配。這都是我在高中擔任化學老師時真實發生的事，我服務的學校，實驗室裡並沒有職工代老師配製實驗用藥品，老師忙不過來的情況，只好找學生幫忙，誰知學生偷懶，未照老師叮囑去做，才會出現又好氣又好笑的情況。現在重讀此篇，雖然已經是大約二十年前發生的事，卻仍歷歷在目，該名學生的面容表情，我都還清晰記得。

我想，這就是寫作者的特權吧！他可以把人生中的某一刻凝鑄成永遠。

陳偉民 謹識
二〇二三年八月三十日

人物介紹

明雪

高中女生，喜歡科學，是學校化學研習社的社長。經常用科學知識協助警方辦案，希望將來長大後能成為法醫或鑑識專家。

明安

小學生，喜歡打棒球，愛吃鬼。觀察力強，認識各種廠牌的汽車，經常利用敏銳的觀察力提供警方破案線索。

李雄

刑事組長，體格壯碩，和陳義志是同學。重視明雪和明安的意見，經常因此破案。

魏柏

私家偵探，武術高手，有時候與保險公司合作，偵辦詐領保險金案件。

張倩

鑑識專家，配合李雄辦案。經常提供鑑識專業知識供明雪參考，有時也會讓明雪動手做一些簡單的檢驗工作。

媽媽

在銀行上班的職業婦女，對辦案沒興趣，只希望全家人平安。

爸爸

本名為陳義志，高中化學老師。明雪在辦案過程中，如果有化學問題，會向爸爸請教。

歐麗拉

明安的同學。臺美混血兒，父親為臺灣人，母親為美國人。本來居住美國，因父親返臺經商而隨之回臺灣。父親在商場競爭，得罪不少人，因此多次陷入險境。

黃惠寧

明雪的同學。粗線條之大姐大，擔任班長，常率領班上同學出遊，凡事衝第一，愛表現，也常鬧出令人啼笑皆非的笑話。

賴奇錚

明雪的同學。父親曾為將軍，退役後經商，現已退休。奇錚本人為大近視眼，沉迷網路，因而多次惹上麻煩。不過，與同學出遊時，會挺身而出，保護女生。

目錄

作者序 想起彼當時 2
案件1 池畔屍體旁的白色沉澱 12
案件2 火災廢墟中的發光痕跡 27
案件3 染血的舞衣 44
案件4 金絲雀死亡疑雲 62
案件5 帶毒蒜味砒霜湯 83
案件6 故布疑陣的惡鄰 98
案件7 一筆遺囑疑雲 114
案件8 赤眼殺機 130
案件9 海上郵輪驚魂 144

案件10 林間落單之危 160
案件11 記憶合金的詭計 176
案件12 消失的試卷答案 192
案件13 追緝製毒惡「磷」 207
案件14 「金」爆危機 223
案件15 還原與催化之證 239

案件1

池畔屍體旁的白色沉澱

早晨的陽光，透過窗戶射進學校的實驗室，灑落一地跳動的光影。經過連日大雨，窗外的樹葉顯得特別青翠。

明雪身為化學小老師，要在上課之前先到實驗室，協助老師配製教學要用的藥品。只是上了高中，規矩似乎比國中時擔任自然與生活科技小老師還多，讓她覺得有點麻煩。

老師先是明白指出：「今天要配的藥品是硝酸銀水溶液。」接著就在黑板上寫下配製方法，並叮嚀她，「配製藥品的時候一定要用蒸餾水，不可以用自來水，而且要戴橡皮手套，知道嗎？」

明雪點點頭表示了解。

「我還得到班上督導早自習，記得在八點十分上課以前，要把藥品配好。」留下一句吩咐後，老師就走了。

明雪則在老師背後吐吐舌頭，還做了個鬼臉。

八點的鐘聲一響，代表早自習結束，同學們陸陸續續來到實驗室，大家吱吱喳喳討論著今天要做的實驗。

十分鐘後，老師準時進入實驗室。他先是瞅了一眼桌上已配好的溶液，接著怒氣沖沖的質問明雪：「為什麼用自來水配製？我不是特別叮嚀過了嗎？妳怎麼這麼不聽話？」

面對老師突如其來的質問，明雪嚇得臉色發白，囁嚅的說：「老師你……怎麼知道？我以為沒關係，所以……」

「什麼沒關係？」老師生氣的指出，「妳看，這水溶液呈現白色混濁狀，代表自來水裡的氯離子已經與硝酸銀反應，產生白色氯化銀了！」

「自來水裡怎麼會有氯離子？」明雪還是不懂。

「難道妳讀國中時，沒學過自來水是用氯氣消毒的嗎？在這過程中，有一部分氯氣就溶進水裡變成氯離子。妳以為偷懶不會被老師發現嗎？蒸餾水配製的硝酸銀水溶液應該是透明的，所以我一眼瞧見這杯溶液呈白色混濁狀，就知道妳偷偷使用了自來水！雖然自來水中的氯離子濃度大約只有二十至五百ｐｐｍ，濃度不高，但水溶液仍會有點混濁。」

明雪總算知道老師為什麼會發現她用自來水配製藥品，雖然後悔已來不及，但她還是勇敢負起責任：「老師，我錯了，我馬上用蒸餾水重新再配一次。」

老師評估一下時間後，開口道：「算了，等妳重新配好，也來不及做實驗，看來只好延後一天了。不過，罰妳今天放學後留下來重配藥品！」明雪羞愧的點點頭，藉由閉上眼平復心情。

「現在這堂課只好先講解實驗原理。有誰會寫硝酸銀的化學式？」老師問，明雪聞言趕緊舉手，畢竟化學是她最擅長的科目，何況剛犯下一個愚蠢錯誤，她急著想扭轉老師對她的印象。

想不到，老師一看到她高舉的手，眼睛睜得像銅鈴一般大：「明雪，妳為什麼配藥品不戴手套？」

明雪再度愣住了，心想：老師怎麼這麼厲害？連配藥品沒戴手套他也知道！

「妳看看自己的手。」

老師一說，全班都盯著她的手看，大家頓時議論紛紛，還有人故意尖叫：「好噁心喔！」

明雪趕緊放下手，仔細察看——天啊，她手上有一大塊黑色汙漬！緊張的明雪趕緊跑到水龍頭邊拚命刷洗。

老師見狀，對她解釋：「沒用啦！早教妳調配藥品要戴手套，妳就是不聽！

硝酸銀已經滲進妳皮膚的蛋白質裡，而它一照到紫外線就會變黑……待會妳到室外，碰到更強的陽光照射，還會變得更黑，怎麼刷都沒用。這算是對妳不聽話的懲罰！」

明雪哭喪著臉：「那我不就一輩子要當『黑手』？」

老師看明雪快哭出來，便安慰她說：「放心啦！經過三、四天，沾染到藥品的皮膚會自行脫落，到時候，膚色就能恢復正常了。」明雪看著自己的手，雖感到半信半疑，仍是點了點頭。

放學後走進家門，因為怕被爸媽看到她的手，所以動作遮遮掩掩。

還好媽媽對她說：「明安和同學到運動公園打棒球，天都黑了還沒回家，妳到公園去看看。」

「好！」明雪趕忙出門，慶幸手上的汙漬沒被發現。她伸手摸了摸口袋裡那一小瓶硝酸銀——被老師留下來重配藥品時，雖然乖乖按照老師的規定做，但調皮的她還是偷偷留了一小瓶帶回家，打算趁明安不注意時，在他臉上抹一把，到了明天早上陽光射進房間，他的臉上就會出現黑色痕跡……想到這裡，她就忍不住偷笑！

公園旁邊本來是建築工地，四周都用鐵板圍起來，只留一個汽車的出入口。但聽說建設公司在兩個月前倒閉，所有工人都撤走，因此這裡成了廢棄的荒地。

明雪剛經過這片工地的入口處，就看到一輛藍色小轎車從裡面急駛而來，車後還有一群小朋友在追趕，有的揮舞著球棒，有的高聲喊叫。明雪正在納悶發生什麼事，看到明安也在追趕行列，於是她急忙把停在入口附近的幾輛腳踏車推倒，嘩啦啦一陣聲響，車子倒得橫七豎八，擋住了轎車的去路。

這時，車裡衝出一個怒氣沖沖的的年輕人，高喊：「把腳踏車搬開！」明雪則在這時打量了一下現場情況：那是輛破舊的藍色小轎車，輪胎側面沾滿細沙。

不久，追趕的小朋友也跑到了兩人身旁。

明安一看見明雪，就氣喘吁吁的說：「姊，別讓他跑掉，他是殺人凶手！」

明雪看了那人一眼，轉頭問弟弟：「你們打球怎麼打到這裡來了？」

明安說：「因為我打了一支界外球，飛進這塊空地。我們到這裡撿球時，正好看見這個人蹲著，他一看到我們，就慌慌張張的跳上車。我們發現地上躺了一個人，就覺得是他害死的！」

「胡說！」年輕人反駁，「我先前發現水池裡有個人載浮載沉，就好心把他拉起來。正要急救時，你們卻叫嚷起來，我怕被誤會人是我害死的，所以才趕快離開！」

這時，有些路人聽到爭吵聲，也圍過來看熱鬧。

其中，有民眾就對這個年輕人建議：「你還是帶我們到水池旁，看看是怎麼回事吧！」

明雪則悄悄跟明安說：「快打手機給李雄叔叔。」原來，李雄是明雪父親的老同學，正好在這一區當刑事組長。

年輕人眼看自己被眾人團團圍住，難以脫身，只好跟著走回水池旁——其實那也不算什麼水池，只是工人打地基時挖的坑洞，因為連日大雨，所以積了水。水坑的旁邊果然躺著一個人，全身溼漉漉、一動也不動的。群眾中，有人蹲下去摸了摸那人的脈搏，隨即站起身搖搖頭，示意沒救了。

年輕人還在比手畫腳的為自己辯解：「我就是看到這個人倒在水池裡，才趕緊把他從水中拉起，沒想到正好被這群小鬼看到，還誣賴我殺人……真是好心沒好報！」

明雪這時看到年輕人的前襟上果然有水漬，於是就繞著水坑和屍體仔細觀察。

突然間她靈機一動，伸手由坑中撈出一捧水灑在地上，然後掏出口袋裡那瓶硝酸銀水溶液，在地上的小水窪滴上藥水，不見任何反應；接著她走回死者身邊，再把藥品滴在他周遭的水漬，結果卻立刻出現大量白色沉澱。

明雪看到這種情況，馬上站起身來對年輕人說：「你說謊，這個人是在海中溺斃的！」

年輕人嚇了一跳，大聲質問：「妳怎麼知道？」不一會兒又發覺自己失言，急忙辯白，「妳胡說，他明明是在這個水池裡溺斃的！」

明雪笑了笑，問道：「你願意打開汽車的行李廂，讓我看看嗎？」

年輕人面有難色的說：「妳憑什麼要求我打開行李廂？」

「你要是不配合她的要求，我就把你的車子拖回警局！」一道宏亮的聲音自

我就是看到這個人倒在水池裡，才趕緊把他從水中拉起，
沒想到正好被這群小鬼看到，還誣賴我殺人……真是好心沒好報！
你說謊，
這個人是在海中溺斃的！
……。

年輕人的背後傳來，把他嚇了一跳。

聽到熟悉的語調，明雪姊弟倆高興大喊：「李雄叔叔！」

原來體格魁梧的刑事組長李雄，已帶著兩名警員趕到工地。

年輕人無奈的被警員帶到轎車旁，並且打開後車廂。

李雄笑著對明雪說：「去吧，小偵探！告訴我們，妳為什麼要檢查行李廂？」

他知道明雪不但立志要當一名女法醫，而且在犯罪偵察方面常有獨到的觀察力。

「我剛才就注意到這輛車的輪胎側面黏了很多沙粒。至於為什麼會這樣呢？去海邊玩過水的人都知道，溼溼的腳踩到沙子，就會黏上一大片沙粒，除非水分完全乾掉，否則不易脫落，尤其是將乾未乾時，沙粒的附著力最大。因此我推斷，這輛車今天曾經到過海灘！」在李雄信任的眼神下，明雪侃侃而談。年輕人急忙側頭探看輪胎，臉色頓時變得好蒼白。

明雪繼續說明自己的推論：「我剛才先用硝酸銀水溶液檢驗坑洞裡的水，由於雨水中各種離子的濃度極低，所以幾乎沒有任何沉澱發生。但我檢驗死者身旁那灘水後，卻產生大量白色沉澱，證明了水中氯離子的含量很高，很可能是海水——因為海水中氯離子濃度高達一萬五千至三萬五千ppm！」明雪邊說邊檢查行李廂，接著伸手指給李雄看，「這裡也有一灘水。」

圍觀的群眾好奇的擠上前去湊熱鬧，發現行李廂底部的布墊，果然有一灘很大的水漬。

明雪又拿出硝酸銀水溶液滴在行李廂水漬處，這時明顯的白色沉澱物又再度出現：「這也是海水。可見死者曾浸泡在海水中，然後這個年輕人把他放進汽車行李廂，載到廢棄工地，將他丟進水坑裡，讓人誤以為他闖入工地而溺斃。結果，他才剛把屍體搬下車，還來不及拋進水池裡，就被這群小朋友發現了。」

李雄不解的問：「如果他在海邊將死者殺害，為什麼還要大費周章的把屍體運到這裡丟棄呢？」

明雪踱著方步，想了幾秒鐘，才說：「除了故布疑陣擾亂警察的偵辦方向外，我猜這凶手平日可能在海邊從事不法勾當；如果屍體在附近被發現，恐怕他平常從事的不法活動也會曝光，所以才想把屍體轉移到別的地點。」

李雄嚴肅的問著年輕人：「她說得對不對？」

年輕人眼看已經無法掩飾，只好點點頭，供出真相。

原來他和死者平日就在海上走私，今天下午兩人因分贓不均而發生打鬥，他一氣之下，就把死者的頭按入海中，讓對方活活淹死。因為怕警方在查凶殺案時，會追出走私情事，所以只好把屍體載到廢棄的工地，心想同樣是溺斃，警察一定查不出受害者是在哪裡淹死的。沒想到，因為一支意外的界外球，引來一群愛管閒事的小鬼和一位美少女偵探，他也只有認栽了！

李雄下令把凶手押回警局，圍觀的群眾也逐漸散去。這時，人群中有一名穿著運動服的中年男子，朝明雪走了過來。

明雪看清對方長相，差點暈倒——竟然是化學老師！

老師板著面孔，嚴厲問道：「妳為什麼把硝酸銀帶回家？是不是又想惡作劇？妳難道不知道它有腐蝕性嗎？明天放學後找我報到，罰妳打掃實驗室！」

在這麼多人面前被罵，明雪滿臉通紅，恨不得有個地洞可以鑽進去——哎，這就是調皮的代價！

科學破案百科

在大多數的化學實驗室裡，硝酸銀是最常接觸到的銀化合物。因為它是一種無色、無味的固體（光照時可能變成灰色），屬於強氧化劑，具有腐蝕性，所以在使用上要特別注意安全。硝酸銀的化學式為：$AgNO_3$；當它加入自來水中，與氯離子（Cl^-）產生白色沉澱的化學反應式則為：

$$AgNO_3 + Cl^- \rightarrow AgCl \downarrow + NO_3^-$$

若氯離子濃度越高，則白色沉澱物越多。

案件2

火災廢墟中的發光痕跡

明雪身為化學研習社的社長，想為今年新加入的社員舉辦一次迎新晚會。化研社畢竟是學術性社團，參加的人都對化學特別有興趣，不能像康樂性社團，吃吃喝喝就算了，總要設計一點與化學有關的活動。但明雪又不想把它弄得太枯燥，希望既有趣又與化學相關，這就需要絞盡腦汁了！

參與策畫的幹部們一致決議，把這項融合知識與娛樂的工作交給社長規畫。活動組長惠寧一派輕鬆的對明雪說：「社長，這項壓軸表演就交給妳設計，需要幫忙時別客氣，我一定挺到底！」

明雪只能乾笑：「謝謝妳啦！」

接下來，明雪苦思好幾天，都想不出有什麼表演可以兼顧化學與娛樂。她盤算著，再想不出來，就向老師求助。

今天化學課正好教到「能量轉換」，老師說：「能量的總和不變，但能量的形式卻可互相轉換。例如：熱能可以變成電能，所以我們靠火力發電；電能可以變成化學能，因此水能夠電解成氫氣和氧氣；化學能可以變成光能，所以我們可以玩螢光棒。」

明雪突然眼睛一亮，嘿！既然是個晚會，如果能教同學製作螢光棒，不正是結合化學與趣味的活動嗎？

下課後，她立刻向老師提出構想。

老師笑著說：「我可以教妳比做螢光棒更精采的表演呢！」

明雪興奮的問：「真的嗎？怎麼做？」

老師拿了本書給她參考：「妳可以看看這本書，如果喜歡的話，再找我借藥品。」

趁著午休時間，明雪迫不及待的翻開化學老師借給她的書，書中介紹了如何以光敏靈、硫酸銅配成第一瓶溶液，雙氧水配成第二瓶；然後同時把兩瓶溶液倒入螺旋形塑膠管中，就會在黑暗中發出藍光。

明雪心想，這場面比螢光棒可觀多了，迎新晚會就表演這個吧！她立刻去找老師借藥品。

「妳們要自己到五金行買透明塑膠管，然後用鐵絲把它固定在鐵架上成螺旋狀。這個實驗妳們從沒做過，在正式表演前至少應演練一次。進行時要找黑暗的地方，因為這些發出藍光的混合物若暴露在燈光下，看來就像臭水溝一樣汙濁。」

老師又詢問了一些相關問題後，確認明雪對實驗內容已有相當了解，就放心的把實驗室鑰匙，及會用到的藥品、器材點交給她。

明雪點頭表示沒問題。

週六下午，她找來惠寧幫忙。兩人到學校實驗室，一起製作螺旋形塑膠管並調配兩瓶藥品：光敏靈及雙氧水。

惠寧發現明雪沒有依照書本內容配製，就提醒她：「妳在第一瓶光敏靈裡少加了硫酸銅喔！書上說它是催化劑，光敏靈、硫酸銅和雙氧水混合在一起，才會發光。」

「我知道，只是想做個不同的嘗試。妳瞧，這瓶硫酸銅是藍色的，而這個實驗發出的光也是藍色；所以我想，除了藍色的硫酸銅外，再配一些褐色的氯化鐵和紅色的氯化亞鈷，到時分別加入不同的催化劑，看看會不會產生各種顏色的光。」

「哇，妳的點子真酷！」惠寧想到彩色的光就興奮，卻忘了兩人常因明雪的點子而被老師處罰。

她們剛配好藥品，警衛伯伯就來催促離開：「這棟大樓晚上要鎖起來，妳們快點離開。」

明雪著急的問惠寧：「那我們要到哪裡演練？」

惠寧想了想，露出促狹笑容：「我知道一個地方，不但沒人打擾也夠暗，可以演練發光的化學反應，就怕妳不敢去！」

「我怎麼不敢？只要妳去，我就去！」明雪不甘示弱。

「好，我們把藥品收一收，先找間店吃個飯，等天黑，我再帶妳去那個地方。」

兩人把配好的兩瓶藥水、催化劑和器材裝在背包裡，就到校門對面的麵店吃晚餐。待天色完全暗下來後，惠寧領著明雪走了段路，來到一棟廢棄的屋子前。

惠寧轉身對明雪說：「就是這裡。」

「這……不是……傳說中的鬼屋嗎？」明雪已嚇得牙齒打顫。她剛進學校時，就聽學長姊說附近的空屋鬧鬼，學生們寧可繞路，也不願靠近。明雪曾在白天觀察這棟兩層樓的房子，二樓牆壁和屋頂都呈現焦黑痕跡，似乎發生過火災。

「是啊！就因為是鬼屋，所以我敢說一定沒人打擾、也夠暗。怎麼，妳怕啦？」惠寧露出一抹淘氣微笑。

「誰說的？走！」為了面子及自己秉持的科學精神，明雪搖頭撇去鬼魂傳說，鼓足勇氣，推開滿是鏽斑的鐵門，大踏步走進屋內。惠寧緊跟著她走入。

屋裡伸手不見五指，明雪摸索著把鐵架和塑膠管放在地上，然後吩咐惠寧把兩瓶藥水拿出來。黑暗中，只聽到惠寧慘叫，接著「匡啷」兩聲——是清脆的玻璃碎裂聲！明雪一聽就知道不妙，今天下午配的藥水毀了！

惠寧欲哭無淚的央求明雪原諒：「對不起，我太粗心，讓藥水瓶掉到地上打破了。」

可是明雪只心不在焉的「嗯」了一聲，沒有反應。

她以為明雪在生氣，遂再度發問：「妳有聽到嗎？」

明雪卻答非所問：「惠寧，到我這裡來。」

這時，惠寧的眼睛才漸漸適應屋內的黑暗。

她發現明雪蹲著，眼睛直盯住地上，就急忙走到明雪身旁：「妳在看什麼？」

這……不是……傳說中的鬼屋嗎？
是啊！就因為是鬼屋，所以我敢說一定沒人打擾、
也夠暗。怎麼，妳怕啦？
誰說的？走！
匡啷！

「妳瞧瞧我面前的這塊地板。」

惠寧這才發現地上有個淺藍色的發光痕跡，但逐漸黯淡下去。

明雪問：「妳覺得這個形狀像什麼？」

「像鞋印。」惠寧打量一下，說出想法。

明雪點點頭：「沒錯！」

惠寧伸手由背包中摸出三個小瓶子：「咦，硫酸銅、氯化鐵和氯化亞鈷這些藥劑都還在，為什麼地上會發光？是什麼催化了光敏靈的發光反應？」

明雪沉思一會兒，冷靜推敲：「應該是血跡。血紅素裡的亞鐵離子會催化光敏靈的反應，所以可用它來檢驗血跡——這是我從偵探小說看來的。」

「啊！血跡？沒想到這裡真的是鬼屋，我還以為是學長故意騙我們的！」

這下子，換惠寧嚇得渾身發抖。

「不，這是刑案現場。」明雪對案情真相的好奇心勝過恐懼，她拿出手機，

「我要打電話給張倩阿姨。」

張倩是警方鑑識人員，也是明雪崇拜的偶像。

半小時後，鬼屋已是人聲嘈雜，燈火通明。大批警察前來拉起封鎖線，屋內電源也重新接上。

惠寧因受到驚嚇，在接受警方問完筆錄後，已由父母帶回，而另一名警員也要明雪離開現場。

張倩說：「讓她留下吧！是她發現染血的鞋印，我有話要問。」

明雪感激的看著張倩：「雖然我發現染血鞋印，但說不定是屋主不小心割傷流的血，所以我才先打給妳，不敢直接向一一〇報案。」

張倩點點頭：「妳肯定覺得很奇怪，為什麼我一接到電話，就通知李警官帶大隊人馬前來吧？」

看著明雪渴望真相的雙眼，她嘆了口氣繼續說道：「妳不知道這屋子原來的主人是誰吧？她叫巧均，是我在警校的好朋友。」

「啊？這麼剛好？」明雪沒想到，全校學生口耳相傳的鬼屋，女主人竟是張倩的同學。

張倩感嘆的說：「當時我讀鑑識科，她則是刑事科。畢業後巧均擔任刑警，因辦案認識檢察官鄭宇，沒多久兩人就結婚了，可說是郎才女貌、令人稱羨的一對。他們婚後住在這棟房子，但過不久，我就聽說兩人感情不睦。兩年前某個冬天深夜，這裡突然發生火災，雖然鄰居很快就通知消防隊，只燒毀了二樓，但不幸的是，巧均卻在二樓臥室被燒死。鄭宇因到外地辦案，倖免於難。我對巧均的死因一直感到可疑，但當時我不在這區服務，火場鑑識人員發現起火點是一條破皮的電線，所以用『電線走火引發火災』這個理由結案，我也無可奈何。」

李雄剛好從屋外走進來，加入兩人談話：「案發後，鄭宇搬離這棟屋子，很快又再婚了。由於鬼屋的謠言，使得它始終賣不出去，保留到現在，卻因為妳今晚的發現，我們決定重啟偵查。我剛才調出當年的檔案來看，可能因為鄭宇以檢察官的身分干擾，很多證據都沒有深入追究。例如：死者的屍體因燒得焦黑，所以未經解剖就判定是燒死而交由家屬辦理後事；且根據旅社投宿紀錄，認定鄭宇當天人在其他縣市，有不在場證明。」

張倩拍拍明雪的肩膀：「妳今晚做的，正是鑑識人員的工作。光敏寧對血跡的反應十分靈敏，即使被清水洗過，甚至是案發多年後，只要沒用漂白水沖洗，仍然可以檢驗出來。來，妳當小助手，我們看看這間房子內還留有什麼證據。」

張倩從鑑識箱中取出兩瓶噴劑：「這是光敏靈，另一瓶則是過硼酸鈉，只要同時噴在血跡上，就會出現藍光。另外，證物旁放一把尺，我們就可以知道沾血鞋印的尺寸。」

明雪聽得津津有味，因為她又多學到一些鑑識技巧！兩人在一樓客廳蒐證完畢後，就來到浴室。張倩隨處噴上光敏靈，發現洗手檯有血跡反應，浴室牆上甚至採集到一枚血指紋。但二樓臥室卻沒什麼斬獲，因為一片焦黑，大火吞噬了所有證據。

這時，鄭宇已聽到消息趕至現場。

他在門外碰到李雄，就緊握著李雄的手說：「感謝你們重啟調查。如果不是意外，希望能抓到害死我太太的真凶！有什麼進展，請你隨時讓我知道。」

說著，他就要走進屋裡。門口員警連忙擋駕，鄭宇卻不悅的說：「開什麼玩笑？我是檢察官，也是這裡的屋主，為什麼不能進去？」

張倩向員警說：「沒關係，我已經蒐證完畢。」

鄭宇想向張倩打聽有什麼新證據，但張倩冷冷的說：「對不起，不便透露。」

鄭宇怒氣沖沖的環顧屋子一眼後，就奪門而出。明雪立刻把尺放在一個溼腳印旁，並拍下照片。

張倩一臉困惑，明雪輕聲說道：「我在鄭宇進屋前，已偷偷把水潑在地上，他果然踩到並留下溼鞋印。這樣一來，我們就可以知道他穿的鞋子是否和血鞋印尺寸一樣了！」

張倩點點頭：「真有妳的！我先送妳回家，明天檢驗結果出來再告訴妳。」

隔天一早，明雪醒來就迫不及待往警局跑，看到李雄和張倩正在討論案情。

明雪看張倩雙眼布滿血絲，關心的問：「張阿姨，妳一夜沒睡吧？身體撐得住嗎？」

張倩露出笑容，告訴明雪：「沒關係，只要能抓出殺害巧均的凶手，一切都值得。目前已知血鞋印與鄭宇的皮鞋尺寸符合，牆上的血指紋也是他的。」

「這樣可以證明他是凶手嗎？」明雪問道。

張倩嘆了口氣：「還不夠，我們現在擁有的證據，只能證明鄭宇曾在家裡沾到很多血；要找到更明確的證據，才能攻破他的不在場證明。我們應該想想當天的情況：鄭宇可能有了外遇，而痴心的巧均不願離婚，他就趁著出差、在旅社登記投宿後，連夜趕回家殺了巧均；渾身是血的他跑到樓下浴室把身上血跡洗乾淨，也把地板上沾血的鞋印用水擦過；接著他把電線表皮刮破，製造短路引起火災，然後……如果妳是他，會怎麼做呢？」

明雪說：「他必須立刻趕回旅社，完成不在場證明。」

張倩點點頭：「如果能找到他半夜曾離開旅社的證據，就能攻破不在場證明！」

李雄也同意這個看法，表示會立刻往此方向追查。

張倩摟著明雪說：「走，陪我去吃早餐。」

兩人坐在早餐店窗邊，一面享受美食，一面聊天。

半個小時後，李雄興奮的走進早餐店：「我到監理所查出，案發當晚深夜一點，鄭宇的汽車在高速公路上違規被拍照，他怕張揚，所以悄悄繳交罰款——這下子拆穿他的不在場證明了！我準備向上級申請逮捕令。」

張倩激動得眼眶通紅，喃喃的說：「巧均，妳總算可以安息了！」

科學破案百科

看完緊張刺激的推理後，你是否對明雪的餿主意：「把不同顏色的催化劑加入光敏靈，會不會產生五顏六色的光？」感到好奇？

其實，所謂的「催化劑」只是加速反應進行，所以不論用什麼催化劑，光敏靈發出的光都是藍色的；如果要產生其他顏色，就得換另一種反應後會發光的化學藥劑。

另外，為什麼故事中張倩檢驗血液時，不用雙氧水而是過硼酸鈉呢？那是因為在明雪的實驗中，雙氧水是氧化劑，硫酸銅則為催化劑；張倩檢驗血跡時，配方中雖沒有雙氧水，但多了過硼酸鈉，因為過硼酸鈉比雙氧水安定，使用前加水就會產生過氧化氫（雙氧水的主要成分），血紅素中的亞鐵離子就作為催化劑，所以兩個反應的原理是一樣的。

案件3

染血的舞衣

星期五明雪放學回家時，媽媽正要出門，她交代明雪：「我去找鄭阿姨，妳帶弟弟去吃晚餐。」

「跳舞的鄭阿姨嗎？」明雪好奇的問，媽媽點了點頭。

鄭阿姨本名叫鄭柔，是位有名的舞蹈家，和媽媽是高中同學。明雪還小的時候，只要鄭阿姨有演出，爸媽就會帶著全家前去欣賞。鄭阿姨的舞姿曼妙優美，但後來因為練舞導致頸椎受傷，無法再度登臺，只好專心經營舞蹈社。明雪也曾上過幾個月的課，後來轉而對科學產生興趣，才不再學舞。

「我好久沒見到鄭阿姨了，媽，我可以跟妳去嗎？」明雪撒嬌的說。

「妳弟弟的晚餐怎麼辦？」媽媽放心不下。

明雪拍拍胸脯：「放心，打電話要他自己到速食店吃，他肯定一口答應。」

果然，還在球場上奮戰的明安接到姊姊的電話後，立刻欣然接受。

媽媽則在一旁要明雪轉告他：「明晚是鄭阿姨最後一次指導學生演出，務必空出時間，全家都要去捧場！」

掛上電話後，明雪有點不解：「最後一次指導？」

媽媽感傷的點點頭：「鄭阿姨雖無法親自登臺，仍會指導學生演出。因為體力越來越差，她決定明天演出後，舞蹈社就要交棒給學生經營。她一生未婚，全部心血都花在學生身上。幸好他們都很爭氣，有好幾個已在舞蹈界小有名氣，她本人也可以安心退休了！」

明雪驚呼：「這麼早就退休？我們是到舞蹈社找她嗎？」舞蹈社有兩層樓，一樓是練舞場地，二樓則是放置道具的倉庫及鄭阿姨的辦公室兼臥室。

媽媽搖頭：「不，他們今晚在劇場彩排，我們快點出門吧！」

兩人到達劇場時，彩排已經開始。因為很多學生都認識媽媽，所以熱情招呼她們坐在觀眾席的第二排。鄭阿姨坐在第一排，只向她們微笑點了點頭，就專心盯著臺上演出。學生在她面前擺了張小茶几，上頭有杯正在冒煙的熱開水。

臺上飾演仙女的年輕女子身穿全白舞衣，正以優美身段旋轉跳躍著。

媽媽悄悄對明雪說：「她叫謝智，是所有學生中最有才氣的，不但人漂亮、舞跳得好，還懂得裁縫，很多舞衣都由她製作。」

不久，上來一名扮演丑角的男生，臉塗得白白的，跳著滑稽舞步，讓明雪笑得前俯後仰。

媽媽邊笑邊說：「這是張彥昕，很有搞笑天分，管理才能極佳，舞蹈社的行政事務由他掌管。」

聽聞兩人都是得意門生，明雪深感好奇：「鄭阿姨會把舞蹈社交給誰呢？」

媽媽搖搖頭：「不知道。明天表演結束後，她才會宣布繼承人。」

彩排中途，明雪到外面上廁所。當她關上廁所門時，聽到有人匆匆踏入，低聲講手機。

「你放心，我有把握老師一定會把舞蹈社交給我……再寬限幾天……等賣掉房子，我就有錢還你……」

由於悄聲談話，明雪聽得不太清楚。那人結束通話後又匆匆離去，明雪出來洗手時，已不見人影。

彩排結束後，鄭阿姨摸摸明雪的頭：「幾年不見，妳都長這麼高啦！」

「阿姨，妳為什麼那麼早退休？」明雪問道。

鄭柔嘆了口氣：「唉！頸椎的傷讓我長期失眠、頭痛，沒辦法再教舞……」

媽媽關心的說：「妳要多注意身體，別太勞累了。」

她無奈回覆：「我已經嚴格控制飲食，只喝白開水，三餐也都以蔬果為主。但有什麼辦法？身體還是一直惡化。」

因為學生還等著鄭阿姨對彩排做評論與指導，閒聊幾句後，明雪與媽媽便離開劇場。

星期六晚上，全家人早早用過晚餐，便搭車到達劇場。

爸爸問媽媽：「要不要先到後臺和阿柔打招呼？」

媽媽想了一會兒：「我看不要，她現在肯定忙得很！」

全家人坐定後，不斷向臺前張望，卻沒看到鄭阿姨的身影。不久，燈光熄滅，表演即將開始。

媽媽有點不安：「怎麼還沒看到阿柔？」

爸爸拍拍她的手背：「別緊張，也許還在後臺忙吧！」

言談間，謝智出場了，白色舞衣襯托出優美體態，胸前一朵紅花使她更顯嫵媚，觀眾不禁發出讚嘆。

接著，飾演小丑的張彥昕也上場了，他搞怪的演出把觀眾逗得哄堂大笑。

一個多鐘頭後表演結束，舞者全部出場謝幕，仍未看到鄭阿姨上臺。觀眾散去後，明亮的表演廳內，還是不見她的人影。

「這麼重要的場合，她不可能缺席！」媽媽覺得不對勁，帶著全家到後臺尋找。

後臺鬧哄哄的，工作人員正忙著收拾道具。明雪四處張望，仍沒看到鄭阿姨，卻發現謝智、張彥昕和幾名舞者正與李雄談話。由於表演剛結束，大家的妝來不及卸除，舞衣也都穿在身上。

爸爸看到李雄在場，嚇了一跳：「你怎麼會在這兒？」

「我來辦案，你們怎麼也在這裡？」李雄也很訝異。

「辦案？」李雄的回答讓整晚沒見到鄭柔的媽媽有不祥之感。

「舞蹈社負責人鄭柔在一個小時前，被人發現遇刺身亡，陳屍在舞蹈社二樓的臥室中。」他語調沉重。

「什麼？」媽媽雙腳一軟，差點跌坐地上，幸好爸爸扶住她，明雪急忙搬了張椅子讓媽媽坐。

「說說昨晚彩排後的事吧！」李雄得知媽媽和鄭柔是同學，又聽明雪敘述昨晚目睹鄭阿姨指導表演的經過，就回頭向舞者問話。

謝智難過的說：「彩排後，所有人直接坐車回到舞蹈社又開了場檢討會，然後老師就要我們回家，說今天表演前再來搬些小道具就可以了。」

李雄詢問大家：「你們離去後，還有誰見過鄭柔？」

學生們你看我、我看你，紛紛搖頭。

一名圓臉的女學生突然出聲：「今天下午我最早到達舞蹈社，見大門鎖著，剛要按門鈴，張彥昕就到了。他開門讓我進去，但仍然不見老師……」

「等一下，除了張彥昕外，還有誰有鑰匙？」李雄找到關鍵點。

眾人搖搖頭，張彥昕說：「只有我有，因為老師要我負責社裡的總務工作。」

李雄打量張彥昕一陣子，接著又問：「你們進入舞蹈社後沒見到鄭柔，不會覺得奇怪而去敲她的房門嗎？」

「老師近來常失眠，有時白天需要補眠，會在門口貼張『休息中，請勿打擾！』的字條，我們就不敢敲門。」張彥昕低聲解釋，嗓子有點啞。

啪！啪！
安可！
啪！啪！
啪！啪！
安可！
後臺
這麼重要的場合，你鄭阿姨她不可能缺席的！
吵吵
鬧鬧
咦？
你怎麼會在這兒？
…
刑警——
李雄
我來辦案，你們怎麼也在這裡？

李雄又問：「你們確認字條上的筆跡是鄭柔的嗎？」

幾名舞者點點頭：「沒錯，那是老師的筆跡，而且她有重複使用字條的習慣。」

謝智補充：「出發前，老師仍然沒有步出房門，我們才決定敲門，不過還是毫無回應。我和張彥昕討論後，先帶演出人員到劇場，留下姿虹繼續等老師。」

姿虹就是那個圓臉的女學生，她蒼白著臉：「我每隔幾分鐘就敲門，但一直沒人回答，最後只好請鎖匠來開房門，結果發現老師渾身是血的趴在桌上，地上還有把沾血的水果刀，我才急忙報警……」

李雄點點頭：「我知道了，剛才謝謝妳帶我們過來。現在請大家留下個人資料，若日後有需要找各位問話時，請與警方合作。」

眾人被數名員警分開帶走，明雪走到李雄身邊詢問：「李叔叔，這是謀殺案，不用蒐證嗎？」

「張倩已經在鄭柔的臥室蒐證了，包含血跡、水果刀上的指紋等，那張貼在門上的字條也要做筆跡鑑定。」李雄說明。

明雪瞥見謝智看向李雄，被發現後又迅速轉過頭去，表情有些怪異，心中一震，便提出建議：「或許……劇場裡的物證更重要！」

李雄大吃一驚：「這裡還有物證？但案發現場是舞蹈社啊！」

明雪猶豫片刻：「我不是很有把握，但總覺得……有件舞衣很可疑……」

李雄不解，壓低聲音問：「擁有鑰匙的張彥昕嫌疑應該最大，妳是指……？」

「不，或許不是他！張彥昕的行蹤當然要查，但昨天我和媽媽觀賞彩排時，謝智的舞衣是全白的，為何今天胸前多了一朵紅花？我學過幾個月的舞蹈，了解彩排就是正式演出前最後一次的排練，使用的服裝道具都和演出時一樣……雖然這只是件小事，但既然發生了命案，我覺得任何不對勁的事都值得追查。」明雪仔細分析。

李雄想了想，快步走向謝智，要她換下白色舞衣以利化驗。謝智十分激動：「為、為什麼？嫌疑最大的應該是持有鑰匙的人，為何要化驗我的舞衣？」

李雄定睛看她，口氣極為強硬：「請和女警合作，立刻把舞衣換下！」

眼見李雄一臉「沒得商量」的表情，謝智只好不甘願的被請走。

接著，李雄勸明雪一家先回去，待釐清案情後，再告知他們真相。

隔天中午，明雪就接到張倩電話。明雪深知一定和鄭阿姨的案情有關，立刻趕往警局。當她到達時，李雄和張倩正在交換意見，桌上擺了厚厚的檢驗報告和筆錄。

張倩發現明雪到來，開門見山的說：「我拆掉謝智舞衣上的紅花後，發現下面有濺射的紅色汙漬，經過檢驗證明是鄭柔的血。根據鄭柔身上的傷口研判，凶器是她平常慣用的水果刀，不過刀柄經過擦拭，沒有任何指紋。門上字條經筆跡專家鑑定，確實是她寫的沒錯！另外，我們還在門後角落發現玻璃杯碎屑。」

李雄接著說：「張彥昕已提出不在場證明，洗刷嫌疑；那張字條鄭柔平時就會重複使用，只要能進入她的臥室，任何人都可將之貼在門上。但依照謝智說法，她在週五晚上離開後就未進過老師臥室，但白色舞衣上卻有鄭柔血跡。由於涉及重嫌，目前正在局裡接受偵訊。」

張倩補充：「我們推論出，謝智當晚並未離開舞蹈社，而是先躲起來，待眾人離去後才行凶，因此舞衣才染有血漬，離去前還將字條貼在門口。但我們想不透幾個疑點：行凶後，謝智舞衣上應有大量噴灑血跡，怎會只有一個汙點？現場玻璃碎屑和案情有否關聯？因此想請妳回想週五彩排和週六演出的所有細節，看是否能找到線索。」

明雪難過的說：「我想，謝智是……為了錢才殺害鄭阿姨……」

李雄瞪大雙眼：「為什麼妳會這樣說？」

明雪說出鄭柔有意將舞蹈社交棒給弟子之事，並敘述週五在女廁中聽到的內容：「那些話斷斷續續的，鄭阿姨出事後我才發覺，此人肯定是呼聲極高的接棒人選，等著繼承舞蹈社後將它賣掉以償清債務……這兩個學生中，只有謝智會進出女廁……」

張倩接續推論：「所以週五當晚，謝智進入鄭柔房間後，詢問老師交棒給誰，結果不如預期，她一怒之下，就隨手抓起水果刀，刺殺鄭柔。」

李雄仍有不解之處：「這樣一來，她身上應該會有大量血跡，等她回家後，只要洗去血跡即可，怎會縫製紅花企圖掩飾呢？這豈非更引人質疑？」

三人沉默了一會兒，明雪好像想到什麼，大聲喊道：「我知道了！週五彩排結束後，我看到謝智在舞衣外罩了件外套！大部分的血肯定都濺到外套上，只有少數沾到舞衣。但她為何用紅花遮蓋，這我就不知道了……唉，鄭阿姨自從受傷後，努力維持身體健康，甚至只喝熱開水、吃大量蔬果，沒想到還是這麼早就走了……」

明雪雖然聰慧絕頂，但畢竟有過一段師生情緣，生離死別的傷痛自然難免，李雄和張倩僅能溫言撫慰。

張倩還特意倒了杯熱茶讓她平靜一下，看著桌上冒著白煙的茶水，張倩忽然念頭一閃：「或許……正是鄭柔的熱開水讓謝智無所遁形！」其他兩人好奇的望向張倩，一副洗耳恭聽的模樣。

「鄭柔被刺後，或許曾拿起裝有熱水的杯子，扔向謝智，玻璃碎片才會散落一地……」

明雪驚呼一聲：「對了！我聽化學老師說過，蛋白質遇熱會變性凝固，血液裡含有大量蛋白質，遇熱自然也有同樣反應！」

張倩讚賞的點點頭：「有刑事專家做過研究，血跡若用肥皂水清洗過，用光敏靈檢驗出的機率是百分之五十；但如果曾遇熱，檢驗成功機率會大大提高。」

李雄迅速將案情串連起來：「所以謝智回到家中，急著清洗舞衣，卻發現血跡遇熱後凝固，怎麼也洗不掉。因為隔天就要登臺表演，來不及重做一件，她只得冒險，在血跡上縫製大紅花，企圖掩蓋一切！」

三人眼神交會，明白真相大概八九不離十。李雄於是找來幾名員警，下令調查謝智財務狀況、全力尋找那件沾有血跡的外套等相關事宜後，便接手偵訊謝智，看是否能一舉突破她的心防，讓她招供實情。

不久後，李雄帶回好消息——謝智聽到警方檢驗出舞衣上有鄭柔的血跡、掌握她向地下錢莊借貸卻投資不利的近況，還在舞蹈社後院一堆裝著等待清運的廢棄道具的黑色垃圾袋中，發現沾有鄭柔血跡的外套後，終於俯首認罪。

明雪回家後，一五一十的將鄭阿姨命案的來龍去脈告訴媽媽。

媽媽想起鄭柔花費心血栽培學生，沒想到竟被忘恩負義的謝智所害，不禁眼眶一紅，抱著明雪流淚。隨後轉念一想，最後是由自己的女兒為她抓出凶手，阿柔若地下有知，應該也會很欣慰吧！

科學破案百科

誠如文中所述，蛋白質遇熱會凝固，因此不只血跡，就連蛋液和牛奶等物質造成的汙漬都禁用熱水清洗，因為其中含有大量蛋白質，只會讓你越洗越髒！

衣物剛沾染上這些難搞的汙漬，到底該怎麼辦呢？建議你可立即用冷水清洗，再用肥皂重複搓揉數次就 OK ！如果還是洗不乾淨，可先用去汙力較強的肥皂水浸泡一晚，隔天就可輕鬆除垢，還你一件「白閃閃」的衣物！

案件4

金絲雀死亡疑雲

看完電影《頂尖對決》後，惠寧對劇中魔術師的高超手法佩服不已，她高興的宣布：「這次段考後的同樂會，我要表演魔術！」

明雪有點訝異：「妳又沒學過魔術，怎麼變得出來？」

「哈！」惠寧語帶不屑，「這有什麼困難？只要挑個簡單一點的，例如電影中的『籠中鳥』魔術，就沒問題啦！而且我家正好養了一隻可愛的金絲雀，可以拿來表演，順便炫耀一番。」

明雪記得那個魔術——魔術師先向觀眾展示長寬約十五公分、高約二十公分，由鐵絲圍成的長方型鳥籠，並讓大家確認裡頭真的有一隻活生生的小鳥，接著他動了動手指，「啪」的一聲，籠子和鳥同時不見！觀眾皆拍手叫好，但是……

明雪忍不住責罵惠寧：「妳看電影時是看到打瞌睡，還是天性殘忍？」

經她提醒，惠寧想起電影的細節——現場所有觀眾都相信魔術是假的，只有一名小男孩悲慟大哭，並聲稱：「魔術師殺了小鳥！」他的阿姨還不斷告訴他魔術是假的。後來電影揭露手法，原來魔術師把籠子摺疊起來、變為六片方形柵欄時，小鳥當場就被夾死了！他再以迅雷不及掩耳的手法，把籠子和小鳥都藏進袖子裡。只有小男孩看得真切，其他人都被魔術師騙了。

惠寧沉思了一會兒：「嗯……這樣好了，我先用相機把金絲雀拍下來，表演時以照片代替小鳥。能把那麼大的鳥籠變不見，對我這個業餘魔術師來說，已經是非常困難的挑戰了！」

明雪點頭贊成這個改良方式。

「那表演時妳要當我的助手喔！」惠寧乘機央求明雪幫忙。

「好啦！我先想想鳥籠要怎麼設計，才能快速摺疊成六片柵欄，而且一定要疊得夠緊，才好塞進袖子裡。」明雪拿出紙筆，著手畫起鳥籠設計圖。

惠寧看著明雪專注的模樣，不禁偷笑。這就是她找明雪當助手的原因，電影裡雖然揭穿了魔術的手法，但只用幾個鏡頭就交代過去；當她實際操作時，許多細節還得慢慢推敲；若找明雪幫忙，需要動腦的部分明雪自然會全力以赴，她只要風光上臺表演就行了！

兩天後，明雪終於突破瓶頸，破解鳥籠的設計，也到五金行買了鐵絲，用尖嘴鉗製成鳥籠。

經過幾次測試，鳥籠終於可以成功摺疊，便把它交給惠寧：「接下來就是妳的工作了。妳要多多練習，當天才不會失手。」

惠寧高興的反覆把玩鳥籠：「真酷！它能摺疊成薄片耶！但還是太大了，我的袖子塞不進這麼大的東西……」

「妳要買一件袖子寬大的黑袍，外面罩著斗篷，這樣才像魔術師呀！」明雪幫忙出主意。

惠寧點點頭：「沒問題，我會準備妥當的！這個週末妳陪我練習好不好？那天我爸媽會跟著進香團到北港朝天宮拜拜，家裡沒有其他人，我們正好可以安心練習。」

「但是下週三就要段考了……」明雪有點為難。

惠寧發揮撒嬌功力：「拜託嘛！下週五一考完就要舉行同樂會了，這是我們唯一可以練習的機會。」

「好吧！」拗不過惠寧，明雪只好無奈的答應。

週六當天，明雪帶著課本到惠寧家，無論如何，她希望能抽空讀書。惠寧住在某棟大廈的二樓，門口有警衛，明雪說明自己要找二一〇室的住戶。

警衛詳細詢問：「妳找哪一位？」

因為惠寧姓黃，明雪就依實回答：「黃小姐。」

聞言，警衛透過對講機求證，但等了很久都沒人回應。

他說：「曾先生家沒人接聽喔！」

「曾家？我要找的人不姓曾呀！」明雪拿出惠寧的地址，再度確認，「對不起，是二〇一室。」

警衛笑了一笑：「喔，這兩間房子正好是對門。因為曾太太姓黃，我還以為妳找她呢！」

再次拿起對講機，果然是惠寧接的。警衛讓明雪進門，她走上二樓後，發現二一〇室果然在惠寧家的正對面。

「還好沒人在，否則我就尷尬了。」

惠寧請明雪進入屋內，她很快的換上黑袍及斗篷，明雪一看，真有幾分魔術師的架式。

接著，她在明雪做的鳥籠裡擺放一張小鳥的照片：「我用它代替真的小鳥，這樣就行了吧！」

明雪點點頭，忽然聽到鳥啼聲——抬頭一看，客廳裡掛了一個鳥籠，裡頭有隻黃色的金絲雀。

「她叫阿黃，很漂亮吧？」看明雪注意到自己的寵物，惠寧驕傲的說。

「嗯，真漂亮！」明雪走到鳥籠旁，伸出手指逗弄阿黃。

「好了，別玩了，開始練習吧！」惠寧催促著，她想早點完成練習，才能多看一點書。希望自己這次的物理別像上學期一樣，瀕臨及格邊緣。

惠寧認真的練習，明雪則從旁指導。但她好幾次都被籠子夾到手，痛得哇哇大叫：「明雪，妳設計的鳥籠不管用啦！」

「妳先用兩根手指撐開鳥籠，到時候，只要手指頭離開，鳥籠就會自動摺疊成片，也不會夾到手。」明雪又好氣又好笑，只好親自示範。

知道訣竅後，惠寧鬆了口氣：「還好有妳陪我，否則靠我一個人練習的話，就算手指頭被夾斷也練不好！」

之後，惠寧又自行練習了好幾次，但手法仍然不甚完美。明雪在一旁看著，有點昏昏欲睡。她努力抬起沉重的眼皮，發覺惠寧的動作越來越遲緩，鳥籠甚至掉落地上，惠寧卻不去撿，只是疲倦的躺在沙發上睡著了。

她們怎麼都這麼累呢？明雪有點疑惑，但仍癱在沙發上，心想先睡一覺再說。就在她仰起頭，把脖子靠在沙發把手上的那一刻，突然瞄見鳥籠裡的金絲雀竟兩腳朝天！莫非牠已經死了？明雪在意識模糊之際，努力思考這個問題……

「不對！惠寧，快醒來，出事了！」電光石火間，明雪突然弄清楚到底發生了什麼事，急著大喊出聲。

見惠寧動也不動，她撐起異常疲憊的身軀，跑到窗邊打開窗戶，吸了幾口新鮮空氣，然後憋著氣，回頭去拉惠寧，死命把她拖出門外。

惠寧經過一番拉扯，終於清醒過來，但仍然有氣無力：「怎……怎麼啦？我……好想……睡……」

明雪不答話，一鼓作氣的把她拉到樓梯口。因為惠寧家在二樓，從樓梯逃生比搭乘電梯快。她扶著惠寧，跌跌撞撞的跑到樓下。

經過警衛室時，明雪使盡力氣大喊：「這棟大樓……一氧化碳外洩，請、請立即通知救護車前來，並用對講機……通知住戶疏散！」

警衛被兩人的異狀嚇了一跳，但看到她們似乎沒什麼大礙，就趕緊依言疏散

我們怎麼都這麼累呢……
莫非牠已經死了……
不對！惠寧，快醒來，出事了！
惠寧！

民眾。

明雪把惠寧扶到草地上，她仍然虛弱的站不起來，明雪也喘得不得了，兩人只能坐著休息。

不久，消防隊與救護車都到了，兩名救護員欲將惠寧抬到擔架上，但她卻掙扎站起身來：「沒關係……我……還能走。」

這時，明雪聽到警衛向消防隊長報告：「我已通知所有住戶趕緊疏散了，只有二一〇室無人回應。」

看著消防員在隊長的指示下戴上面罩，準備進入二一〇室搜索檢查，明雪頓時安心許多，「幸好二一〇室沒人……」

醫護人員扶著惠寧和她坐上救護車，幫兩人戴上氧氣罩，「碰」的一聲關上車門，向醫院急駛而去。

因為惠寧和明雪中毒不深，在醫院做完檢查、證明沒有大礙後，醫生就表示她們可以返家。明雪的爸媽接到通知時都嚇壞了，趕到醫院探視寶貝女兒；惠寧的父母則因參加進香團，無法及時趕回來，只能請明雪的爸媽幫忙照顧惠寧。

警方對此事件也展開調查，負責的警官李雄向明雪的爸媽略作說明後，就在病房裡進行問話。「明雪，通常吸入一氧化碳會讓人不知不覺陷入昏迷，所以這種毒氣有『沉默殺手』的封號。告訴我，妳是怎麼發覺一氧化碳外洩的？」

明雪虛弱的回答：「惠寧養在客廳的金絲雀突然暴斃，使我產生警覺。我記得曾在書上讀到，十九世紀末有位科學家發現，金絲雀對一氧化碳的毒性反應比人類快速，因此將牠當作測試煤礦礦坑中一氧化碳濃度的指標。如果金絲雀突然暴斃，表示毒氣太濃，工人得趕快撤出礦坑……」

她喘了口氣，繼續說明：「當我發現惠寧和我都昏昏欲睡時，就感到有點不對勁，又抬頭看到金絲雀突然死了，立刻聯想到一氧化碳中毒。」

李雄贊許的點點頭：「妳真聰明！還好妳警覺性高，否則妳們兩人可能就會像二一〇室的曾太太一樣，被送入加護病房了。」

「什麼？二一〇室的曾太太？我以為那間房子沒人在家。」明雪有點訝異，便把早上記錯號碼，警衛打電話到二一〇室的經過講了一遍。

李雄感到有點不對勁，遲疑的說：「不，那間房子有人在家。消防隊員破門而入時，曾太太已經昏倒在地，而且身旁有個鋁製臉盆，裡面裝著木炭餘燼，一氧化碳大概就是燃燒木炭時所產生的，經由門縫擴散到惠寧家，造成金絲雀和妳們中毒。其他住戶因為距離較遠，所以中毒症狀比較輕。」

明雪心中滿是疑惑：如果曾太太在家，為何不接電話？莫非當時她已經昏迷了？如果中毒這麼久，還救得活嗎？

李雄看著明雪沉思的神情，繼續說明：「曾太太因為中毒頗深，現在仍於加護病房搶救中，還沒脫離險境。我們已聯絡上她的先生曾明彥，他和朋友原本要前往海邊釣魚，聽到消息已經趕回來了。我們初步在電話裡進行詢問，想知道他太太是否有自殺的徵兆，曾先生表示她患有憂鬱症，一直在看心理醫生。」

惠寧幫忙補充：「對面的那對夫妻經常吵架，附近鄰居都知道兩人感情不睦，黃阿姨看起來也很不快樂。」

李雄把這些資訊寫進筆錄裡：「這樣正好驗證了曾先生的說法，顯示他太太的確有自殺傾向。」

離開醫院後，明雪告訴爸媽，她考試要用的書還在惠寧家。

爸爸說：「沒關係，反正我們要先載惠寧回家，妳上樓拿了書就趕快下來。雖然妳們很幸運，中毒不深，但看起來很虛弱，還是要多休息。」

明雪點頭應允。

明雪陪惠寧走進大門時，看到一堆住戶圍著警衛，聽他講述事發經過：「要不是我機警，引導消防隊員進入二一〇室，到現在可能還沒人發現曾太太昏倒在地，那她就真的沒救了。」

大家都稱讚警衛先生及時救人一命，他也感到很得意。

明雪停下腳步：「伯伯，早上二一〇室明明就沒人回應，你怎麼知道那間房子還有人沒逃出來？」

警衛回過頭：「因為在妳抵達前的三分鐘，曾先生才獨自出門，加上曾太太患有憂鬱症，整天足不出戶，所以我猜她還在家裡。只是平常若有朋友來訪，她都會透過對講機，請我讓她的朋友上樓；但她今天絲毫沒有回應，我才懷疑妳是否找錯人。」

這時，一名中年婦女又把警衛拉回原來的話題：「真了不起！哪個住戶出門了沒你都記得一清二楚，不然哪，消防隊的救人時機可能又要往後拖延了。」

眾人七嘴八舌的稱讚警衛先生，還想多了解事件的明雪只得陪惠寧上樓，拿了書後，趕快回到車上。

一路上，明雪安靜的思索整起事件。

正巧鑑識科的張倩來電慰問：「明雪，我聽李警官說妳中毒了，要不要緊啊？案情的來龍去脈我已經聽他說明過了。」

「我不要緊，現在已經出院了，正在回家的路上。嗯……關於案情，我有一些建議……妳可不可以到醫院抽取曾太太的血液，進行藥物檢驗？」明雪語帶遲疑。

張倩停頓了一下，接著反問：「為什麼？妳覺得哪裡有問題嗎？」

「只是覺得這起案件有點怪異，像曾先生離開家的時間點、他太太在家卻沒回應對講機……」明雪雖然有些昏沉，但仍敏銳的察覺不對勁之處。

電話那頭的張倩要明雪放寬心：「沒問題，這是一件疑似自殺的案例，警方本來就會介入調查。妳好好靜養吧，我會將整起事件查個水落石出的。」

聊了幾句之後，明雪苦笑的關上手機。好好靜養？那她的段考怎麼辦？

好不容易，段考結束了，雖然不甚滿意，但明雪自認應該可以低空過關。自從中毒事件之後，她一連幾天身體虛弱，無法專心念書，現在終於可以好好的休息了。

當天下午的同樂會如期舉行，惠寧因為疏於練習，所以在臺上不斷被鳥籠夾到手，同學們笑得東倒西歪。她心念一轉，反正自己本來就不是專業的魔術師，表演的目的只是搏君一笑，乾脆就盡情耍寶吧！出乎意料，這項魔術表演反而成為同樂會中最精采的節目。

同樂會結束之後，明雪走出校門，發現張倩正在門口等她，並招呼她上車：「段考結束了吧？到警局聊聊！」

許久沒和張倩碰面的明雪應聲稱好。

在車上，張倩好奇的問：「我聽李警官說，無論是曾明彥或惠寧的證詞，都指出曾太太非常不快樂；經我們向醫院求證，她確實罹患憂鬱症，現場也有燒炭痕跡。鐵證如山的情況下，妳為什麼還建議我檢驗曾太太的血液？」

「我的判斷錯了嗎？」明雪不安的問。

張倩搖搖頭：「不，妳沒錯。我今天來就是要告訴妳，因為我對曾太太的血液進行藥物檢驗，讓案情大逆轉。檢驗報告指出，她曾服用大量安眠藥，所以才會昏睡不醒；也因為這項發現，讓醫師修正了治療方法，針對一氧化碳及藥物中毒雙管齊下，目前曾太太已經清醒了。她堅決否認有自殺意圖，當天早上曾先生不尋常的端給她一杯咖啡，她喝了一口之後就不省人事。李警官目前正在偵訊曾明彥。」

明雪興奮的叫了出來：「我就知道！因為警衛說，曾先生在我抵達前的三分鐘才離開，所以我想那時她還沒燒炭，否則他也走不成。如果曾先生離開後，曾太太才開始有所動作，她能否在短短的三分鐘之內生火燒炭，而且還陷入昏迷，以至於沒人回應。因此，我就猜測警衛用對講機詢問時，她已經因為別的原因而陷入昏迷……」

張倩接續說道：「凶手是點燃木炭後才離開，意圖製造曾太太自殺的假象，在這種情況下，曾明彥的嫌疑最大。我們推測，他深知妻子的憂鬱症病歷會令警方採信自殺的說法，加上只要用安眠藥迷昏太太，她就完全沒有逃生的機會，必定會因一氧化碳中毒而死。」

「如果不是金絲雀暴斃，使我產生警覺，恐怕連我和惠寧都會一起陪葬！我覺得自己好幸運喔！」明雪心有餘悸的說。

張倩拍拍她的肩膀：「明雪，這不是幸運。妳平日閱讀大量課外書籍，是知識救了妳一命！」

這時，張倩的車已接近警局，李雄正好率領幾名員警，從局裡走了出來。看到明雪下車，李雄趨前握住她的手：「明雪，妳這次又立了大功！剛才我們突破曾明彥的心防，他已坦承犯案。他因為外遇不斷，夫妻倆經常吵架，太太甚至罹患憂鬱症。前幾天，兩人又大吵一架，曾明彥心生不滿，才想出這個殺妻計畫。」

張倩嘆了口氣：「一個女人若遇人不淑，當然會有憂鬱的傾向啦！」

明雪點點頭：「就像關在籠中的小鳥，真可憐！」

李雄聽著兩人的抱怨，只得苦笑回應。

張倩面容一整，轉頭對明雪說：「別談這個了，我請妳喝杯咖啡吧！」

「咖啡？」明雪尚未從令人感傷的案情中走出來，一聽到咖啡就起了戒心。

「妳想太多了！」張倩拍拍她的後腦，兩人相視大笑。

科學破案百科

一氧化碳（CO）無色無味，使得一般人中毒時仍不自覺。它會影響氧氣的供給與利用，造成組織缺氧，特別是代謝速率較高的器官（如心臟與腦部）。中毒症狀包括：頭昏、噁心、眼花、嗜睡、抽搐及死亡等；甚至有部分病人在恢復意識後，經過一段時間，竟又因遲發性腦病變，而引起智能減退、步態不穩、行為退化等症狀。

在臺灣，一氧化碳中毒的案例好發於冬天。為隔絕寒意，大多數人習慣緊閉門窗。此時裝置於室內的瓦斯器具易因含氧量不足，產生燃燒不完全的現象，因此釋出大量一氧化碳，造成多起不幸悲劇。經相關單位長期呼籲，民眾才警覺這個隱形殺手的強大殺傷力，進而注意保持室內通風，並正確使用熱水器。

案件5

帶毒蒜味砒霜湯

第一堂就是家政課，烹飪教室鬧哄哄的，因為今天班上有位從美國來的新同學報到。明安把玩著手中的幾包醬料，後悔平常沒有跟媽媽多學幾招，如今只能端上一道涼麵。

「涼麵還需要什麼烹飪技巧嗎？」其他同學忍不住嘲笑明安。

「誰說不用？調配醬料才是一門大學問！」明安反擊道。

此時，一位清秀女孩隨著老師走進教室，班上立刻響起熱烈掌聲。接著，老師要她先自我介紹。

「我叫歐麗拉，爸爸是臺灣人，年輕時就到美國做生意，媽媽則是美國人。

因為爸爸要在臺灣投資，所以我們全家決定搬回來，今後請多多指教！」歐麗拉的國語雖然有點腔調，但還算清楚，大家都聽得懂，於是又報以熱烈的掌聲。

歐麗拉的頭髮亮麗動人，一雙碧眼似會傳情，明安馬上被她吸引住，心想：「混血兒果然長得比較漂亮！」

介紹完新同學後，老師大聲宣布開始烹飪。不諳廚藝的明安把麵燙熟、幾包醬料攪在一起後，迅速完成涼麵。

他端著作品，走到歐麗拉面前：「妳嘗一嘗，這叫做涼麵。」

歐麗拉驚訝的說：「哇！這麼快就煮好啦？你在家一定常煮菜，對吧？」

明安尷尬的點點頭，急忙轉移話題：「那妳在煮什麼？」

「魚湯。」歐麗拉彎起嘴角，開心回答。

明安探頭看了看鍋子，指著裡面的湯匙大呼：「這根湯匙好漂亮！」

歐麗拉笑說：「那是銀湯匙，我聽說今天要上烹飪課，就把它找出來。這是外婆教我的，她說煮魚湯時要在鍋裡放一根銀湯匙，如果變黑的話，就代表魚有毒。」

明安聽了大感興趣：「真奇妙！臺灣的歌仔戲和武俠片也有類似情節，主角常會把銀製髮簪放入食物中檢驗，如果髮簪變黑就表示有毒。」

歐麗拉一聽，趕快從書包裡拿出筆記本，仔細記下明安的話，高興的說：「好有趣喔！以後再多講一些臺灣的事情給我聽，好嗎？我雖然會說中文，但對這裡的風俗信仰完全不了解。」

聽到心儀的女生如此央求自己，明安當然是點頭如搗蒜啦！

放學後，明安飄飄然的回到家，說起班上轉來一位新同學，而且把煮魚要放銀湯匙的事情也描述了一次。

明雪嗤之以鼻：「拜託！無論銀簪還是銀湯匙都不能檢驗出毒性，那是無稽之談！」

明安不服氣的反擊：「歌仔戲都這麼演，美國也有類似說法，憑妳一個人，就可以把其他人的看法都推翻嗎？」

明雪氣得從椅子上站起來：「你……」

媽媽眼見兩人又吵起來，急忙當和事佬：「好啦，別吵了！這個星期天爸爸說要帶大家上陽明山健行和吃土雞，再吵的人就不讓他去！」

明安聞言，馬上笑嘻嘻的說：「那我可不可以邀請歐麗拉一起去？」

明雪哼了聲：「原來想泡妞啊！」

明安急忙為自己辯白：「才不是呢！歐麗拉剛從國外返臺，我們本來就應該多介紹這裡的風土民情讓她認識啊！」

媽媽思索片刻：「明安說得有理，你就邀請她和家人一起去吧！明雪，妳不准再胡說了！」

眼看老媽已發出警告，調皮的明雪只得噤聲。

到了星期天，爸爸開車載著一家人，先到歐麗拉家會合。

面對明安全家的熱情，歐爸爸一再道謝：「我這趟回國主要是想蓋大飯店，到現在都沒空陪麗拉。今天早上我還有個案子要簽約，麻煩你們先帶她到山上走走，我等會兒趕過去和你們一起吃中飯。」

爸爸把用餐的地址告訴歐爸爸，沒想到歐爸爸卻神祕兮兮的壓低聲音說：「這筆生意的利潤很高，得罪了想分一杯羹的黑道分子，對方曾放話要對我的家人不利……要麻煩你一路上多注意麗拉的安全。」

爸爸說：「有這回事？嗯，我們會提高警覺的！」

聽到這句承諾，歐爸爸這才放心轉過身去，對歐麗拉交代一些注意事項。

車子剛上陽明山，爸爸就開進遊客中心停車場。

媽媽不解的問：「為什麼開進這裡？」

爸爸不好意思的說：「我不確定到二子坪要走哪條路，所以來看一下地圖。」

媽媽笑了笑：「我知道路啦！等一下左轉百拉卡公路就到了。」

爸爸搔搔頭，又把車開出遊客中心。

此時，明安喃喃自語：「好奇怪喔！後面那輛汽車怎麼也跟著一起開進遊客中心，沒有停車又匆匆忙忙出來？」

耳尖的明雪立刻吐槽老弟：「你們男生很無聊耶！到了郊外不欣賞風景，竟然注意起汽車！」

明安不甘示弱的反駁：「這款車性能不錯，香檳金的顏色也很好看，妳懂什麼？」

爸爸笑著說：「你們兩個不要鬥嘴了，也許後面的人跟我們一樣，不熟悉這附近的道路吧！」

到了二子坪步道入口，他們停好車後，就開始健行。來回約一個小時的路程加上沿途不時停留拍照，上車時，明安就嚷著肚子餓。

「我們現在就到附近的土雞城用餐囉！」爸爸發動車子，繞過一輛香檳金色的汽車，駛出停車場。

這家土雞城環境尚稱清幽，一排排木屋與廚房隔著頗大的庭院，每桌客人都坐在各自的木屋裡吃飯、聊天。

女服務生送上菜單後，爸爸點了一鍋燒酒雞和幾道青菜，並叮嚀她：「稍後還有位朋友會來，請幫我們多準備一副碗筷。」

她點點頭，把菜單收回之後，就退了下去。

媽媽轉頭對明雪說：「妳看，這家土雞城的女服務生制服很漂亮喔！棕色短裙，外罩一件白色圍裙，很可愛呢！」

明雪也附和道：「對啊！我還注意到男生的制服是棕色襯衫、棕色長褲，側面鑲著一條黃色的邊，也很帥氣！」

明安逮到機會，挖苦起明雪：「妳們女生整天注意別人的服裝，無不無聊啊？」明雪氣得狠狠瞪了明安一眼。

邊聽兩人鬥嘴，歐麗拉邊從背包裡拿出銀湯匙：「爸爸教我要處處小心，帶這根湯匙來就不怕被下毒了！」

明雪剛要糾正這個不正確的觀念，沒想到歐麗拉開始尖叫起來：「哇！湯匙變黑了！這裡的空氣有毒，快跑！」

大家探頭一看，只見銀湯匙的確出現許多黑色小斑點。

明雪拉住驚慌的麗拉，慢慢解釋：「銀簪或銀湯匙都不能用來檢驗毒藥啦！陽明山位於火山地區，空氣中含有硫化氫的成分，與銀反應合成黑色硫化銀，湯匙當然會變黑，跟毒藥一點關係也沒有——這是我們化學老師上課時說的。」

歐麗拉看著明雪滿臉肯定的表情，這才安心回座。

你們看！我帶來了銀湯匙！
爸爸教我要處處小心，帶這根湯匙來就不怕被下毒了！
哇！
湯匙變黑了！這裡的空氣有毒快跑！
銀簪或銀湯匙都不能用來檢驗毒藥啦！陽明山位於火山地區，空氣中含有硫化氫的成分，與銀反應合成黑色硫化銀，湯匙當然會變黑，跟毒藥一點關係也沒有——
這是我們化學老師上課時說的。

此時，一位黑衣黑褲的男服務生端來燒酒雞，明雪抬頭瞧了他一眼。服務生把鍋子放在桌上的瓦斯爐並點燃後，就退出小木屋。

鍋子外緣有幾滴溢出來的湯汁，滴落在爐火上，冒出一陣大蒜味。明雪驀地站起來，用手抓著勺子，在湯裡不停翻攪。

明安按捺不住，伸手搶她手中的勺子，口中還大喊：「我要先吃！」

明雪把他推回椅子上，斥喝道：「誰都不准吃！這鍋燒酒雞被下毒了！」

一聽到有人下毒，膽小的歐麗拉嚇得臉色發白。

明雪則機警的說：「端湯進來的服務生有問題。」

爸爸聞言，趕緊衝出小木屋找人。

剛才幫他們點菜的女服務生正好端了一盤餐點走過來，爸爸就問她：「剛才端燒酒雞進來的人呢？」

女服務生丈二金剛摸不著頭緒：「那不是你們的朋友嗎？我剛從廚房端出燒

酒雞，走到庭院，就有一個人自稱是你們朋友，說小孩子餓了，要我快去端其他飯菜，燒酒雞他幫我拿進來。」

這時候，歐爸爸剛好趕到。

爸爸拉著他，詢問服務生：「妳說的朋友是他嗎？」

她搖搖頭：「不，是個穿黑衣的年輕人。」

接著，兩家人和土雞城的工作人員合力把附近搜了一遍，都沒找到那個黑衣男子，只好向警方報案。

當地員警抵達之後，對明雪的話半信半疑，刑事組長更質疑她：「妳怎麼知道燒酒雞被下了毒？」

明雪說：「第一個讓我覺得不對勁的疑點是，這家土雞城的服務生制服是棕色的，怎麼會有人穿著黑衣呢？」

刑事組長皺著眉頭說：「的確是有些不合理……」

明雪繼續解釋：「我在書上讀過，砒霜的成分是三氧化二砷，能溶於水和酒精中。自古以來，害人的毒酒往往是用砒霜配製而成，它的特性之一就是受熱會冒煙並散發大蒜味。當燒酒雞的湯汁滴在爐火上、發出大蒜味時，我立刻翻攪整鍋湯，想查看廚師是否加了大蒜，結果並沒有找到……」

明安不好意思的說：「對不起，我當時還以為妳要搶著先吃……」

明雪回頭瞪了他一眼：「我才沒那麼貪吃呢！總之，綜合這些疑點，讓我懷疑鍋中被下了毒！歹徒可能是從服務生手裡接過燒酒雞後，偷偷把砒霜倒入鍋中，再端進小木屋。」

「我們會把這鍋燒酒雞送去化驗。」刑事組長低頭沉思片刻，接著問：「你們一路上有發現什麼可疑的人嗎？」

明雪回答：「有輛香檳金色的汽車跟蹤我們。」

歐爸爸恍然大悟：「香檳金色？我剛剛在前面山路差點和它相撞，早知道那是歹徒的車，我就……」

刑事組長急忙追問：「那你有記下他的車號嗎？」

歐爸爸不好意思的搖搖頭：「但我懷疑是和我競標的黑道分子林任，指使手下幹的。」

明雪此時突然冒出一句：「在二子坪停車場發現這輛車又跟著我們時，我就記下它的車牌了。」

眾人頓時將崇拜的目光投向明雪，為她的機警敬佩不已，刑事組長始終嚴肅的臉上，更浮現一抹難得的笑意。

過了幾天，明雪家裡接獲警局電話，通知他們化驗結果：燒酒雞中果然有砒霜成分；而明雪提供的車號正是屬於林任手下所有，但小嘍囉不承認有人指使，警方只能先將他逮捕，再詳細調查林任是否涉案。

明安聽完爸爸轉述的內容後，感慨的說：「噢！幕後主使的歹徒還沒落網，歐麗拉的生命仍然受到威脅，我一定要好好保護她！」

明雪忍不住嗆他：「哼！那天要不是我制止，第一個中毒的人就是你！還想保護麗拉？」

明安不甘示弱：「要不是我先發現那輛車很可疑，妳會提高警覺嗎？」

聽見姊弟倆又吵起嘴來，爸爸媽媽對望一眼，卻只能苦笑著搖搖頭……

科學破案百科

逛街時，是不是常聽賣飾品的店員提醒：泡溫泉時記得要將身上配戴的銀飾品拿下來，不然就會變成「黑飾」？你是否想過其中道理？

原來，火山地區因為含有硫化氫氣體，易與銀產生反應，形成黑色斑點（硫化銀，Ag_2S），所以店員才會說要讓銀飾品遠離溫泉！

銀的元素符號為：Ag，它與硫化氫氣體的反應方程式則是：$4Ag + 2H_2S + O_2 \rightarrow 2Ag_2S + 2H_2O$。現在，你理解其中的奧祕了嗎？

案件 6

故布疑陣的惡鄰

上個星期六，黃璇邀同學到她家慶生，麗拉、明安都受到邀請。黃璇家在一棟公寓的五樓，據說四樓住了一位很討人厭的鄰居。大約半個月前，黃璇邀同學到她家做功課時就曾抱怨過，那位女房客才承租四樓不到兩個月，卻跟公寓裡的每戶住家都吵過架，甚至常和路過的行人對罵！

「路過的行人？毫不相干的陌生人有什麼理由對罵？」明安不解的問。

黃璇不屑的說：「她呀，每天都在固定時間打開陽臺灑水器澆花。但她的花架延伸至人行道上方，只要一澆水，就會淅瀝嘩啦的滴到樓下，要是有路人恰好走過，就會被淋得渾身溼漉漉，脾氣不好的人自然開罵啦！」

麗拉聳聳肩：「淋溼別人當然要道歉啦！何況陽臺滴水會被檢舉，甚至還得罰款。這有什麼好吵的？」

「那妳就太不了解她了！做出這麼理虧的事情，她竟然比對方還凶，常常在四樓對著行人破口大罵！」提起鄰居的惡行，黃璇只能搖頭嘆息。

明安驚呼：「哪有這麼不講理的人？」

黃璇繼續抱怨：「還有更不講理的呢！她每天出門或回家，一定會用力甩鐵門，吵得整棟公寓的鄰居都受不了，好言相勸她也不聽。反而常常跑到樓上來，罵我們走路太用力，讓天花板一直震動，害她睡不著。所以我媽交代，這次你們到我家開生日派對，一定要壓低嗓門、放輕手腳，免得她跑上來罵人！」

明安苦笑搖頭。壓低嗓門、放輕手腳？那還叫什麼派對啊？其他同學心中也浮起一樣的疑問，但在黃璇熱情邀約下，只得點頭應允參加生日派對。

星期六中午，明安依照住址來到黃璇家樓下，他按了門鈴，黃璇很快就打開大門。明安從對講機中聽到熱鬧的嘻笑聲，推測應該有很多同學都抵達了。

經過四樓時，明安特別瞄了一下這家惹人非議的住戶——木門緊閉，但鐵門開著，顯然這位女房客在家。明安心想，樓上同學的喧鬧聲不小，但她也沒現身抗議，可能是黃璇說話太誇張了！

一進門，明安就笑問黃璇：「妳不是說要壓低嗓門、放輕手腳嗎？我在樓下就聽到大家的吵鬧聲了！」

黃璇苦笑：「他們一開始還滿安靜的，後來人越來越多，氣氛逐漸熱烈起來，我也制止不了！幸好樓下的阿姨今天心情好像不錯，沒上來抗議。」

明安點點頭，接著就和大夥開心的唱歌、切蛋糕、吃大餐。

到了下午兩點，突然傳來一聲巨響，把大家嚇了一跳。

黃璇頓時臉色發白：「那是樓下阿姨的關門聲……她該不會是要上樓罵人吧？」

同學們都屏息以待，等著挨罵；沒想到過了三分鐘，卻沒有進一步的聲響。

黃璇鬆了口氣：「我想，她大概直接出門了吧！」

看見大家都放下心中大石，麗拉提議：「哎呀！老是這樣提心吊膽，倒不如去公園玩。反正大家都吃飽了，沒必要留在這裡。」

這個意見立刻得到大夥的附議，一群人就浩浩蕩蕩的準備出門。因為時值夏天，女生們只要涼鞋一套，就先行出發；待明安穿好球鞋後，發現自己是最後一個下樓的人。再度經過四樓，他發現鐵門已經關上，但細心的他注意到地上有張衛生紙，已被先下樓的同學踩得髒兮兮。他彎下腰把紙屑撿起來，卻發現衛生紙溼溼的黏糊在地面上。

奇怪的是，衛生紙上還綁著一條細棉線，他好奇的拉了一下。咦——它的另一端竟綁在鐵門上的橫框。再仔細查看，鐵門下的橫框還有另一條細棉線，由木門下的縫隙延伸進屋裡。

基於好奇，明安拿出手機，把鐵門、棉線、衛生紙和木門都拍下來：「看來這位阿姨非但脾氣不好，還有些怪癖。這些棉線和衛生紙不知有什麼特別用意？我還是少碰為妙，免得她又生氣。」

拍完照，他快步下樓趕上同學，大家嘻嘻哈哈的，明安很快就忘了在四樓看到的事情。

星期一上學時，大家免不了又談起前天開派對的事。

大家都下去了，倒是等等我啊……
看來這位阿姨非但脾氣不好，還有些怪癖。
這些棉線和衛生紙不知有什麼特別用意？我還是少碰為妙，免得她又生氣。
先拍下來

黃璇故作神祕的說：「昨天警察到家裡找我問話喔！」

「為什麼？該不會是樓下的阿姨檢舉我們太吵了吧？」膽小的麗拉最怕麻煩上身，不安的猜測。

黃璇搖頭：「不是啦！警察問的就是她的事。」

明安皺眉：「到底是什麼事呢？」

「警察問我們星期六有沒有看到她，而且，他們還挨家挨戶的詢問喔！」看著大夥好奇的眼神，黃璇公布謎底。

「那你怎麼回答？」明安追問。

黃璇微笑以對：「當然照實回答囉！我說，雖然一整天都沒看到她，但在下午兩點時，有聽到阿姨用力甩門的聲音。」

麗拉鬆了口氣：「那警察怎麼說？」

「他們聽完我的說法後，就表明沒有問題啦！」黃璇接著嘆了口氣，「我真希望警察把她抓走，免得我們還要繼續受氣。」

歷經「震撼教育」的大家都為黃璇提心吊膽的生活感到同情，但明安卻不斷思索：為什麼警察要調查這位凶惡的阿姨呢？

此時上課鐘響了，同學們只好結束談話，回到座位。

這堂課是「自然與生活科技」，行過禮後，老師開口詢問近來引起熱烈討論的話題：「各位同學，在廁所用過的衛生紙應該丟進馬桶裡還是垃圾桶呢？」

同學們議論紛紛，歷經一番調查，大部分的人是丟垃圾桶，只有少數例外。

老師笑著說道：「麗拉長期住在美國，也曾到很多國家旅行，請她來說說她的經驗好了。」

被點名的麗拉站起身來，大方分享：「無論是美國或其他國家，大家都把衛生紙直接丟在馬桶裡，廁所的垃圾桶是讓女性丟生理用品的，只有臺灣人把衛生紙丟在垃圾桶，我剛回來時還真有點不習慣。」

老師點頭附和：「沒錯，在其他國家，大家都把衛生紙直接丟進馬桶，因為衛生紙本來就設計成遇水即可溶解。只有臺灣人偏要把它丟進垃圾桶，這樣不但增加垃圾量，也容易傳播病菌。」

黃璇聞言，拿起一包今早在校門口拿到的廣告面紙發問：「老師，我上廁所都習慣用面紙，這也可以直接丟進馬桶嗎？」

老師急忙搖頭：「不行，衛生紙纖維較短，在水中容易溶解，所以可以直接丟進馬桶，用水沖掉。但面紙纖維較長，不會溶於水，應該拿來擦拭臉上油垢，而非上廁所時使用，也不能丟進馬桶。這樣妳懂了嗎？」

「懂了！」經過老師詳細解釋，全班同學終於恍然大悟，齊聲回答。

放學後，始終對警察追查凶惡阿姨事件耿耿於懷的明安，急奔至警局找李雄，詢問案情始末。李雄本來三緘其口，不肯透露案情，但明安向他說明自己當天就在那棟公寓，說不定可以提供一些線索，李雄才勉為其難的答應。

「那名女房客叫廖惠，有竊盜前科，兩個月前才剛出獄，不久就搬到這個社區。起先，我們擔心她會在這裡犯案，所以加強此處的巡邏，但這兩個月來，社區的竊案並沒有增加，我們認為她可能已經改正以前的不良行為……」

「為什麼昨天又開始調查她？」明安追問。

李雄娓娓道來：「上個星期六下午，新北市金山鄉有棟別墅發生竊案。小偷侵入時觸動保全系統，電腦顯示當時是下午兩點整。保全公司派員趕到時，屋內珠寶被搜刮一空，竊賊已揚長而去，顯示是個熟練的慣竊。警方根據別墅的監視器畫面研判，那名竊賊極可能是廖惠，因為闖空門的女賊不多，而且當地所長以前就曾逮捕過她，因此對她有印象。可是，監視錄影畫面模糊，他沒什麼把握，要我們詳細調查她當天行蹤……」

明安忽然打斷李雄：「但我們都聽到當天下午兩點的甩門聲啊！」

李雄苦笑：「沒錯，這就是重點。待詢問過公寓住戶後，大家都作證廖惠是在當天下午兩點才出門。同一個人不可能在相同時間出現在相距五十公里的兩個地點，所以我已回電給金山鄉的派出所所長，請他排除廖惠犯案的可能性。」

「鄰居們都是聽到甩門聲，還是曾看見她本人？」明安問。

李雄翻看筆錄：「都是聽到甩門聲。不過，大家指認那是她平常的習慣；更有一位鄰居在當天下午兩點，被她澆花的水淋溼——大家都知道她的脾氣，那位不想惹事的居民只能自認倒楣，並未上門理論。」

明安仔細回想當天的情況，接著拿出手機，端詳許久。

忽然，他興奮的雙手擊掌：「她真狡猾！要不是我細心，大家就被她騙了！」

聞言，李雄嚇了一跳，趕忙問道：「你有什麼發現嗎？」

明安把手機裡的照片拿給李雄看，並解釋為什麼他會拍下這些照片：「我當時也只是好奇，不了解她為什麼這麼做……現在我懂了！為什麼關門是兩點，澆花也是兩點，甚至連竊盜案都是兩點——一切都是設定好的！」

他邊用手在照片上比畫，邊說明自己的猜測：「鐵門下方那條棉線綁在屋內的彈簧上，上方的棉線則延伸至陽臺，綁住衛生紙的一端；另一端又用棉線固定在牆壁的鐵釘上，位置正好在自動澆水器正下方。廖惠把這種容易買到的微電腦控制自動澆水器的時間，設定在下午兩點啟動，其實她一大早就已出門，趕到金山等候做案時機……」

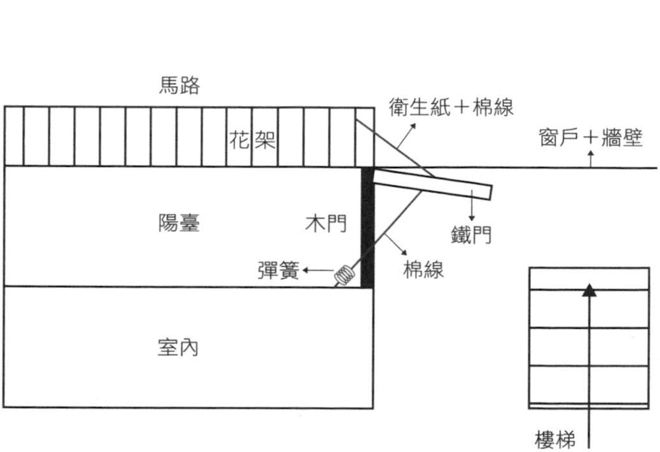

李雄聽到這，忍不住插嘴：「等一下！她出門時不是都會大力甩門嗎？鄰居怎麼沒人聽到？」

明安推測：「我想她平常就故意用澆水、甩門等動作，使大家建立『那就是她的習慣』的印象。星期六那天，她應該很早就安安靜靜的出門，等到下午兩點，定時澆水器就弄溼衛生紙——衛生紙遇水溶解、破裂，上面的棉線自然鬆掉，下面的棉線受到彈簧拉力，就把鐵門關上，發出巨大聲響，使鄰居們以為她是那時才出門。同一時間她於金山動手行竊，萬一遭懷疑，還有鄰居幫她做不在場證明！」

李雄搖搖頭：「真是狡猾！這計畫可說是天衣無縫啊！」

明安揚起得意笑容：「可惜人算不如天算，她沒想到那天有個生日派對。我上樓時看到鐵門開著，就認為阿姨在家，可是派對那麼吵鬧，卻沒看到她上樓罵人，這跟她平日的風格不符。後來下樓時，我又看到溼的衛生紙和棉線，更覺得這件事情很詭異。今天在課堂上，老師說衛生紙的設計易溶於水，這讓我重新思考，當天在地板上看到的潮溼衛生紙和棉線可能別有用意！」

李雄高興的說：「明安，謝謝你提供線索，我覺得這件案子有深入調查的必要。請把手機裡的照片傳到警局電腦，不過，你的線索只是拆穿了她的不在場證明，還不能斷定她是那名小偷，我得蒐集更多證據，才能採取行動。」

知道自己幫了個大忙，明安愉悅的點頭應允，接著兩人就快速走到電腦桌前傳輸照片。

李雄看完照片後，滿意的一笑，突然問明安：「我真的很好奇，為什麼你變得如此聰明、思辨能力這麼強？」

只見明安得意的抬起頭來：「因為啊——每次看到姊姊被大家稱讚，老實說，我心裡都百味雜陳，除了羨慕，還很嫉妒耶！於是呢，這半年來，我只好趁閒暇時猛K推理小說，課餘也會隨時請教老師相關知識，看看可否增強功力。

嘿嘿——想不到還真能派上用場哩！」

李雄拍了下明安肩膀，笑著說：「小老弟，你可真有一套！我老李甘拜下風啦！」兩人爽朗的笑聲，瞬間傳遍警局裡，讓大家都感受到那股舒暢自信的愉悅。

兩天後，李雄打電話通知明安，警方由銷贓管道查獲失竊珠寶，購買贓物的人也指認那批貨是廖惠所賣，因此她又被逮捕入獄。

黃璇很高興公寓裡少了一位頭痛人物，嚷著要再辦一次慶祝派對：「這次，我們可以放心玩樂，不用擔心太吵鬧而挨罵了！」

「什麼？妳的意思是我們上次還不夠吵？」面對一票像麻雀般吱吱喳喳的女生，明安不禁搖頭，大聲嘆息。

科學破案百科

在臺灣，由於早期生活習慣及下水道設備較差之故，民眾多將衛生紙丟進廁所裡的垃圾桶；但這樣一來卻增加了垃圾量！根據生態學者陳玉峰等人研究，我國每天相關垃圾達 340 公噸之多，每年需花費近 6 億元來處理！

近年來許多專家學者開始提倡「將衛生紙直接沖到馬桶裡」，因為衛生紙纖維較短，可溶解於水。至於一般人也常使用的面紙，因為使用長纖材料等特殊成分加強其張力與柔軟度，遇水不易分解，所以面紙千萬不要丟入馬桶，以免造成堵塞。

案件 7

一筆遺囑疑雲

里長伯要請客，這在地方上可是件大事。

他算得上是本里首富，因祖先留下大筆土地，光靠土地及房屋租金就過著富裕日子，所以不需靠工作謀生、沒有生活壓力，有多餘時間為地方事務奔走，已經蟬聯五任里長。

沒想到不久前，他做健康檢查，發現脖子有腫瘤，必須立刻開刀。因為擔心開刀有風險，可能一去不回，里長伯決定在開刀前宴請鄉親，感謝大家多年來的支持。

宴會訂於六點鐘開始，但里民從五點多就陸續進場，宴會場地設在里長家門前的廣場。明雪和明安跟著爸媽進場，找到空位就坐下，發現廣場邊還架設舞臺，請來樂團在現場表演。擔任主唱的女歌手大約三十幾歲，留著短髮，額頭寬大，歌聲嘹亮，很能帶動氣氛。

宴席進行到一半，里長上臺發表一段感性談話，感謝鄉親多年來的支持，並開玩笑說如果開刀失敗，請大家把這次宴會當成告別。同時也承諾若開刀順利，將返回崗位，繼續為眾人服務。這席話獲得眾人如雷的掌聲，鄉親齊聲祝福他能恢復健康。

奇怪的是，女歌手一聽到里長伯身染重病，突然臉色大變，表情灰敗，接著像是做了什麼重大決定，深呼吸數次。

就在里長伯將麥克風交還給她時，她突然拉著他的手，拿出一張老照片。里長伯看到後十分震驚，語音顫抖：「妳……妳怎會有這張照片？」

女歌手輕聲說了幾句話，里長伯立刻拉著她走進家門。眾人雖有點意外，但仍繼續吃吃喝喝。

十五分鐘後，里長伯牽著女歌手踏上舞臺。

他一臉嚴肅的說：「各位，我有一件重大事情要宣布。這位是我的女兒，她從母姓，叫做周晶汝……」

眾人一片譁然，轉頭看里長的太太和兒子，兩人臉色蒼白並皺著眉頭。

「我年輕時在金門當兵，認識一位周小姐，馬上陷入熱戀；但退伍返臺後，卻失去聯絡。我奉父母之命，娶了現在的太太，很感謝她多年來盡心扶持這個家。……晶汝拿出多年前我和她母親在金門的合照，並且說出當初兩人交往的許多細節，還表明母親曾告訴她，我就是她的生父。母親過世後她就到臺灣來找我……你們看，她的額頭和我多相像啊！」

大家議論紛紛，對兩人寬額頭的相似度表示認同。

里長伯哀喜參半：「我很高興進手術房與死神搏鬥前，能知道自己還有一個女兒；就算手術失敗，我的人生也沒什麼遺憾了。」

接著，他對著臺下的妻兒說：「你們知道我每到新年都會重寫遺囑，我沒把握能否活到新的一年來臨，所以今晚就會立下新遺囑，壓在客廳的香爐下，祈求祖先保佑我康復。萬一我發生不幸，你們可以取出香爐下的遺囑，照我的意思處理遺產——你們放心，雖然找到失散多年的女兒，但我在遺產分配上不會虧待你們。」

雖然危機仍在，但眾人還是鼓掌祝賀里長伯骨肉重逢。

里長夫人卻站起身來，罵了一句：「哪裡跑來的女騙子！你就這麼輕易相信她？」之後便氣沖沖的離開會場。

里長的兒子也臭著一張臉，望著這個突然冒出來的姊姊。本來氣氛熱烈的宴會竟發生這種尷尬場面，賓客們食不下嚥，紛紛提早離席。

幾天後，不幸的消息傳來：里長伯手術失敗，死在開刀房裡，不能返回崗位為大家服務。

大家哀戚的心情尚未淡化，此時卻傳出爭奪財產的官司。

原來是那天與里長伯相認的女兒周晶汝一狀告上法院，主張里長伯曾親口答應會在開刀前修改遺囑，把她列入財產繼承人之一，但目前公布的遺囑卻只將里長夫人及兒子列為繼承人，周小姐因此認為兩人隱匿真正的遺囑。法院指定警方必須查出遺囑真偽，以利宣判。

整件事變成茶餘飯後的焦點，偶爾聽到鄰居以談論八卦的態度加油添醋，甚至傳言周小姐根本不是里長伯的骨肉，只是為詐騙遺產而假冒的騙子。

明雪和明安對撥弄是非的人很不以為然，他們也關心此事，但覺得里長伯服務地方多年，大家應該合力找出真相，讓遺產按照里長伯真正的意思分配，而非捕風捉影、胡亂猜測。

李雄和張倩今天恰好一起到明雪家拜訪。因為明雪常協助警方辦案，所以李雄和張倩與全家都極為熟識，辦案時若經過明雪家，常會進來喝杯茶再走。

爸爸順口問李雄：「里長伯的遺囑鑑定官司調查得如何？」

「我找過周小姐來問話。令我懷疑的是周小姐來臺灣當歌手也好幾年了，為什麼一直沒找里長伯相認，直到里長伯的告別宴才出現？」

媽媽點點頭：「嗯，是不太尋常。她怎麼說？」

李雄依實回答：「她告訴我，她來臺灣的前幾年都在為生活打拚，好不容易熬到擔任樂團主唱，有了穩定收入，才開始尋找生父；後來知道生父有龐大家產，她反而遲疑了，怕人家以為她是為了爭奪財產才出面。里長伯宴客那天，她所屬的樂團碰巧應邀表演，她在臺上得知生父面臨生死關卡，禁不住情緒激動，才出面相認……」

「難怪我覺得她的表情怪怪的！」明雪喃喃的說。

「里長伯開刀當天，她在病房外等候。據她表示，里長伯曾拉著她的手說，如果手術成功，要陪她回鄉祭拜母親，而且他已修改遺囑，萬一無法康復，會留一份遺產給她，希望她拿這筆錢整修母親的墓。最後公布的遺產分配竟然沒有她的，她才會認為父親的遺願遭到竄改，告上法院。」李雄補充說明。

媽媽忍不住詢問：「很多人謠傳說周小姐是個騙子，根本不是里長伯的女兒……」

張倩澄清：「里長伯的家人提出血緣關係鑑定，因此我們比對周小姐與里長兒子的DNA，證實兩人有共同的父親。為了錢財而亂認親人的事在以前很多，現在就很難得逞，因為有了DNA比對技術後，什麼都騙不了人。」

明雪較關心技術面問題：「那遺囑鑑定結果？」

「我們找了最權威的筆跡鑑定專家協助調查，結果證實里長伯的簽名是真的。」張倩堅定的說。

爸爸推測：「女兒是真的，遺囑也是真的，那就是說，里長伯無意把財產分給她囉！」

李雄點點頭：「我也找了里長伯的妻兒來問話，他們說里長伯在宴席上就宣布不會分錢給周小姐。」

「宴席上？我們全家都在場啊！怎麼沒聽到這句話？」媽媽懷疑的問。

李雄笑著說：「即使是同一句話，也有不同解讀。根據調查結果，當天里長伯對妻兒說：『雖然找到失散多年的女兒，但我在遺產分配上不會虧待你們。』

他的妻兒表示，這句話說明雖然他找到女兒，仍會把財產都留給他們，不會分給周小姐。」

「好像這樣也解釋得通，可是我在現場聽到的感覺不是這樣……」媽媽微皺眉頭。

李雄提出另一方的意見：「周小姐則說，里長伯在開刀房前拉著她的手告訴她，雖然骨肉重逢很值得高興，但太太跟了他幾十年，對他幫助很大，他跟兒子也有相處幾十年的情分，不能因為周小姐出現，而剝奪他們應得的權益，所以打算把遺產的一成留給周小姐，其餘九成仍由妻兒繼承，這就是他所說『不會虧待』的意思。」

媽媽點點頭：「這比較符合我在現場聽到的感覺。」

爸爸附和：「也比較像里長伯平常處事圓融的態度。」

李雄和張倩卻一臉苦笑：「但目前沒有證據能證實里長伯的確說過這些

話……」

這時，滿頭大汗的明安回來了，他最近放學後就和同學去打棒球，直到快天黑才回家。

見到家中有客人，他上前打過招呼，迫不及待要說說學校發生的事：「我告訴你們喔！林大顯超衰的……」

爸爸伸手制止他：「沒禮貌！大人們正在談話，你一進來就打斷話題。」

李雄搖搖手：「就讓他說吧！他的話題絕對比我們現在談的事情有趣。」

明安受到鼓勵，興匆匆的繼續敘述同學的糗事：「林大顯昨天自然科小考只考了9分，怕被爸爸罵，就自己拿紅筆在分數後面加個0，變成90分。拿回家給家長簽名時，他爸爸正在喝茶，看到他難得考90分，一時高興，就打翻了手中的茶，結果墨跡暈開，0竟然不見了，只剩下老師批改的9！他爸爸仔細一看，發現考卷上都是叉叉，當下知道發生什麼事，臭罵大顯一頓，還扣他一星期的零用錢。」

「應該是老師用油性筆，而大顯則用水性筆，雖然看起來顏色一樣，但碰到水之後，油性墨水不溶於水，但水性墨水會溶，所以0不見了，對吧？想不到林爸爸不小心打翻茶水，就輕輕鬆鬆的鑑定出真假筆跡，真是高明的鑑識人員啊！」明雪開起玩笑來。

聽到這裡，張倩急忙站起身來：「我要回實驗室！」

李雄驚訝的問：「妳怎麼啦？有那麼急嗎？」

明雪以為自己說錯話了，緊張的看著她。

張倩解釋：「不，是明安同學的例子提醒我，簽字是真的，不代表整張遺囑都是真的，也許其中有某個部分被塗改過。我要回實驗室進行層析法，看看是否有部分內容經過塗改。」匆匆說完後，張倩就告辭了。

明安不解的問：「什麼是層析法？」

林大顯昨天自然科小考只考了9分，怕被爸爸罵，
就自己拿紅筆在分數後面加個0，變成90分。
拿回家給家長簽名時，
大顯的爸爸一時高興，就打翻了手中的茶，
結果墨跡暈開，0竟然不見了，
只剩下老師批改的9！
應該是老師用油性筆，而大顯則用水性筆，雖然看起來顏色一樣，但碰到水之後，
油性墨水不溶於水，但水性墨水會溶，所以0不見了，對吧？

學化學的爸爸細心說明：「層析法的全名叫做色層分析法，是重要的化學分析方法。層析法的種類很多，有液相層析、氣相層析等，林爸爸的作法有點像濾紙色層分析法。正式作法是將色素點在紙上，把紙的末端浸泡在水或酒精中；當色素被這些溶劑帶著跑時，有些色素跑得快，有些色素跑得慢，墨水裡的幾種色素就被分開了，形成特殊圖案。各種不同廠牌的墨水即使看起來顏色相同，成分卻各有不同，在溶劑中形成的圖案也不一樣，可用來鑑定筆跡是否來自同一種墨水。」

明安恍然大悟的點點頭。

兩天後，警方公布調查報告，證實遺囑的日期遭到竄改，有人把今年一月改成十月；換句話說，里長夫人及兒子公布的遺囑是年初簽訂，當時里長伯還不知道自己生病，也不知道有個女兒。

里長夫人只好承認她在里長伯過世後，從香爐下取出遺囑，發現上面寫著要把全部遺產的一成交給女兒，其餘由母子分配。因為里長伯資產龐大，光一成也有將近一千萬，她捨不得把這些錢交給毫無關係的外人，因此偕同兒子燒毀新遺囑，由保險箱中取出年初留下的舊遺囑，並在日期上加了一筆。

東窗事發後，里長夫人表明願意依照真的遺囑分配遺產，但出乎她的意料，法官引用民法規定的「偽造、變造、隱匿或湮滅被繼承人關於繼承之遺囑者，喪失繼承資格」條例，判定周小姐繼承全部遺產。

里長夫人與兒子本可繼承九成的遺產，卻因一時貪念，反而全部落空，令人不勝唏噓。

消息見報後，當天下午，張倩又到家裡拜訪，還帶了一盒甜點給明安：「多虧你說了那段小故事，給我靈感。回到實驗室後我仔細觀察遺囑，心想要像你同學一樣只加一筆，就讓整份文件大不相同，最有可能加在哪裡呢？最有可能就是修改日期，因為簽名和筆跡被判定是里長伯親手寫的，所以遺囑是真的。我用溶劑各自沾取『十』字的橫、豎筆畫，進行色層分析，發現果然是不同廠牌的墨水，證實那一豎是偽造的，全案因而宣告偵破。」

一旁的明雪搖搖頭：「想不到你也能建功。」

明安抬起頭，驕傲的說：「那有什麼？我可是名偵探呢！」

「是是是，以後就叫你名偵探明安好啦！」明雪翻了個白眼，張倩則被這對姊弟給逗笑了。

科學破案百科

每次在外國辦案影集或偵探漫畫中，看到 DNA 鑑定是抓到凶手的重要證物，是否總讓你驚呼真是太神了？你可曾想過，為什麼 DNA 能使得真凶乖乖現形？

人體內的細胞是依分裂方式增加數目，因此形成組織與器官。細胞內含細胞核，核酸是從細胞核中取出的質聚合物，由核糖、鹼基及磷酸組成，分為兩種，一為核糖核酸（RNA），另一種則是去氧核糖核酸（DNA），後者是決定遺傳訊息的物質。

DNA 中的鹼基序列即為遺傳密碼，是由父親及母親的遺傳因子所決定，除非是同卵雙胞胎，否則每個人的 DNA 都不同，這也是刑事鑑定常用DNA作生物跡證的主要理由。血跡、精液、骨骼、肌肉、毛髮等皆可萃取出 DNA，DNA 分析技術被視為繼指紋分析後，最重要的刑事科學發展。

案件8

赤眼殺機

晚上十點多，明安從麗拉家出來，急著想回家。今天老師出的作業好難，同學們都不會做，明安和兩位同學相約到麗拉家一起討論，大家集思廣益，總算把作業完成了。但抬頭一看時鐘，發現已超過十點，大家急忙向麗拉告辭。明安回家的路與其他人不同方向，只好一個人走。

雖然媽媽曾交代過，晚上公園裡會有小流氓，不可以獨自進入；但明安急著回家，不想繞路，幾番思考後，為了節省二十分鐘，他決定直接穿越公園。

園內有些路燈故障，漆黑一片，微風吹拂樹梢，發出沙沙聲響。明安不禁有點心慌，急忙加快腳步。

經過噴水池時，突然前方三條人影擋住了他的去路：「嘿，小鬼！要到哪裡去？」

糟糕，遇上媽媽口中的小流氓了！明安心裡暗叫不妙。為了防堵他回身逃跑，其中兩個小流氓已繞到明安身後，形成三角形把明安包圍在中間。

明安感到腹背受敵而更加恐懼，這時，站在他面前的那人伸出手：「小鬼，你跑不掉了，身上有多少錢都拿出來！」

因為是到麗拉家作功課，所以明安出門時沒有多帶錢。

「反正身上只有幾個銅板，就都給他們吧！」他邊想邊伸手從口袋裡掏出零錢，交給面前的小流氓。

「什麼？只有二十五元？你把我們當乞丐嗎？」小流氓生氣的說。

這時，原本站在背後的兩個小流氓，一左一右架住明安的臂膀，站在前方的那人則打算伸手搜明安的口袋。

明安覺得這太過分了！嘴裡喊著：「錢全部都給你們了，還要怎樣？」他不斷扭動身軀，企圖掙脫兩人的挾持。

站在前面的小流氓見明安反抗，就用力推他一把，其他兩人則乘機放開明安，讓他往後跌坐在地上。接著全部一擁而上，打算用腳踢他，明安只能用雙手抱著頭保護自己，完全無力還擊。

就在拳腳要落在明安身上時，傳來一聲怒吼：「幹什麼！」

三個小流氓嚇了一跳，趕忙停止動作，往聲音的來源查看，只見一個年輕男子大步向他們走來。

三人見對方只有一人，不以為意，喝斥他：「別多管閒事！」

年輕男子回道：「三個欺負一個，我非管不可！」

小流氓們仗著人多，全衝上去，打算圍毆年輕男子。想不到一陣乒乒乓乓的打鬥之後，三人竟然都被撂倒，落荒而逃。

男子走上前，一把拉起明安：「小弟弟，你有沒有受傷？」

「謝謝大哥哥救我，我不要緊。」

男子鬆了口氣：「那就好。我帶你離開公園，這裡晚上不安全，以後不要獨自前來。」

兩人出了公園之後，男子在路燈下檢視明安傷勢：「跌倒時有點擦傷，應該不要緊，快回家吧！」

明安這時才看清男子的面貌。他的臉龐瘦削，下巴留著短鬚，年紀應該只有二十幾歲，脖子上還掛著一部單眼數位相機。

明安問：「大哥哥，你叫什麼名字？」

男子由口袋抽出一張名片給明安：「我叫魏柏，是個私家偵探。剛剛為了查案進入公園，正好發現一群小流氓打你，不得不插手相助……現在我必須繼續工作，不陪你了！」說完，魏柏又走進黑暗的公園。

明安回到家，媽媽見他手腳擦傷便關心詢問。清楚受傷的原因後，除了為他擦藥，也不斷踅踅念，責備他不該在晚上進入黑暗的公園。等傷口處理完，爸爸趕緊帶明安到警局向李雄報案，折騰到深夜，一家人才能安睡。

第二天吃完晚飯後，爸爸說：「救你的那位大哥哥住哪裡？我們應該當面謝謝他。」

明安找出名片來看：「柏克萊偵探社，地址是……」

爸媽買了一籃水果，帶著明雪和明安前去。偵探社在一棟公寓的二樓，樓下狹窄的騎樓橫七豎八停滿機車。他們按了門鈴，卻沒人回答。

爸爸搖搖頭：「唉！忘了事先打個電話約時間，魏先生可能外出，看來咱們白跑一趟了。」

這時正好有一名住戶要上樓，他進門後反身要把大門關上。爸爸急忙用手一攔，說：「我們來拜訪二樓的魏先生。」

住戶沒說話，「登登登」的就上樓去了。明雪一家人走到二樓，果然看到一扇木製大門，上面鑲著一塊毛玻璃，噴了幾個紅色大字——柏克萊偵探社。

明安探看了一下，試著用手推門：「好像沒鎖耶！」爸爸要阻止已經來不及，木門「呀」一聲被推開了。

裡面的景象可把他們嚇了一大跳！魏柏趴在地上，背後插著把尖刀，流了不少血；辦公桌上的文件、電話、傳真機等，都凌亂的散落一地。

爸爸傾身探查魏柏的鼻息：「幸好，還有呼吸，快叫救護車！」

媽媽急忙用手機向一一九求救，接著又打一一〇聯絡警方。

明安蹲在地上查看散落的文件，明雪制止他：「這是刑案現場，別亂動！」

明安一臉無辜的說：「我只用眼睛看，沒亂動啊！姊，妳看這張紙上怎麼會有黑色圖案？」

因為傳真機打翻在地上，整捲傳真用的白紙散開在地面，紙上有一大塊黑色斑點，像極了潑墨畫。明雪瞪著這個圖案，百思不解，未曾用過的傳真紙，怎會出現黑色汙點？

這時救護車趕到，醫護人員把魏柏抬了出去，李雄和張倩也率領數名員警抵達現場。

明安憂心的問：「大哥哥會不會是因為救我，得罪了那幾個小流氓，才被砍殺呢？」

李雄拍了拍他的頭：「應該不是。昨晚找你麻煩的人，是一群輟學的高中生，今天中午就被我逮捕了，現在還在警局裡接受偵訊呢！」

「魏叔叔昨晚說他受客戶委託，到公園查案。他隨身帶著相機……說不定跟

魏先生！
幸好，還有呼吸，快叫救護車！
喂？救護車嗎……？
這是刑案現場，別亂動！
我只用眼睛看，沒亂動啊！

這件事有關！」明安皺著眉回想道。

李雄點點頭：「魏柏的傷非常嚴重，短時間之內恐怕無法會客。如果能找到相機，就可以看看他拍到了什麼？」

明雪則拉著張倩去看那一捲傳真紙：「這個圖案是怎麼來的，我還沒有想清楚，不過我覺得這應該是破案的關鍵！」

張倩說：「嗯，我會把這些紙張帶回去化驗。」

這時，其他員警要拉起封鎖線，所以要求明安和他的家人離開。

一家人走到樓下時，正好在狹窄的騎樓機車陣中，遇到一個背著書包、剛由補習班下課的國中生，大家只好側著身子相互禮讓。因為距離很近，明安看到那名國中生的白眼球泛紅。

等國中生走過後，他悄聲的說：「那個人眼睛好紅喔！」

媽媽回答：「對啊！最近臺灣正流行紅眼症。」

明雪腦中突然閃過一個念頭，她喊道：「你們等我一下！」接著立刻跑回二樓，但門口的警察卻不准她進入屋內。

她隔著封鎖線呼喊張倩：「阿姨，注意找找牆角或地上有沒有眼藥水瓶！」張倩聞言，就趴在地上，用手電筒照射桌子、櫃子下的每個角落。不久，她果然在櫃子下，找到一個被擠壓變形的塑膠製眼藥水瓶，瓶蓋已掉落一旁。

李雄走上前問明雪是怎麼回事。

她從隨身包包裡拿出筆和紙，邊畫邊解釋：「傳真紙又稱感熱紙，它的構造是在紙上塗了隱形染料和顯色劑。隱形染料本來是白色，但如果和酸性的顯色劑混合，就會變成藍黑色。傳真的原理就是利用熱把隱形染料熔化，讓它與顯色劑混合，就能顯現出藍黑色的文字和圖案。」

看李雄頻點頭，明雪繼續說明：「可是熱怎麼會造成這些紙上如潑墨的圖案呢？我始終想不明白。但是剛剛在樓下巧遇紅眼症病人，就讓我解開這個謎了！

如果酸性液體直接潑在傳真紙上，就能代替顯色劑使它變黑；不信的話，你可以拿醋滴在傳真紙上，就會看到黑色斑點。魏柏的辦公室不開伙，自然不會有醋，所以我想凶手可能是紅眼症病人，因為硼酸水溶液可以清洗眼睛，防治紅眼症……」

在一旁聆聽的張倩，這時也開口說道：「魏柏既然能獨力擊退三個小流氓，可見他精於武術；無奈凶手趁他不注意時，由背後刺殺，他負傷後仍與其纏鬥，導致凶手不慎掉落眼藥水，濺到掃落在地的傳真紙上！妳的推測應該是這樣沒錯吧？明雪。」

明雪開心的拚命猛點頭：「這麼說，凶手可能是罹患紅眼症的人囉？」

李雄沉思了一會兒，向明雪說道：「我知道了，妳快隨爸媽回家吧！案子若有進展，我會通知你們！」

隔天，爸媽帶著姊弟至醫院探望魏柏，巧遇李雄也到醫院製作筆錄，他順便告知了案情的發展：「張倩從傳真紙上驗出硼酸，遺落在櫃子下的眼藥水瓶也含有相同物質，和明雪的推測一致。我們從瓶上的指紋查出，凶手是勁冠公司的工程師。整個案子的來龍去脈是這樣的：魏柏的客戶是勁冠公司老闆，因懷疑公司內有人從事商業間諜勾當，把自家機密賣給別家公司，所以委託魏柏調查。」

瞧明雪一家人聽得仔細，李雄繼續敘述：「結果魏柏不但查出間諜是一名工程師，還拍攝到這人把公司機密交付別家公司的照片。工程師察覺被跟拍後，怕魏柏把照片交給老闆，會害自己丟掉工作並且吃上官司，所以先下手為強，到偵探社刺殺魏柏，搶走照相機，自以為神不知鬼不覺。因為我們從眼藥瓶的指紋，迅速追查到他涉案，所以魏柏的相機還在他身上，人贓俱獲，不容狡賴！當員警押著他回警局時，看到那雙布滿血絲的眼睛，我和張倩都不禁笑出聲來。老陳啊！你這兩個小孩真不簡單哪！」

明雪和明安聞言，不好意思的搔了搔頭，相視而笑。

魏柏經過醫生悉心治療，半個月後就康復出院了。由於他是明安的救命恩人，所以深受明雪家歡迎，而明安也救過他，因此他和明安結下深厚的緣分，成為忘年之交！

科學破案百科

硼酸（Boric Acid）是種無色、無氣味的片狀或粉末狀固體，具毒性，對皮膚有刺激性。在工業上，硼酸及其他硼化合物可添加於玻璃，用以製造耐熱器皿；在醫學上，其水溶液可作為洗眼睛的藥水。

案件9

海上郵輪驚魂

放暑假囉！由於這學期明雪和明安的成績非常好，加上全家人已經很久不曾一起出外旅遊，所以爸媽決定帶他們出國度假。

他們選了四天三夜的香港郵輪之旅，從基隆港出發，除了兩個白天在香港觀光，其餘時間都在郵輪上度過。船上設備一應俱全，不但有自助餐、游泳池、按摩池及健身中心，晚上還可觀賞表演。

星期天下午登船，明雪一家將行李放到房間後，就開始研究船上設施，計畫這幾天要如何玩得盡興。

郵輪駛離港口，眾人都在甲板欣賞海上風光。微風徐徐吹來，令人暑氣全消，一群海鷗跟在船邊飛行，好像要陪他們去旅行。

這時，明安看到一道熟悉身影，興奮大喊：「李雄叔叔！」

全家人轉頭一看，才發現警官李雄也在甲板上，神情嚴肅的盯著同船遊客。

爸爸沒想到會在這裡遇到老友，立即上前打招呼：「這麼巧？你也來度假……」

未料李雄伸出右手，制止爸爸說下去，低聲解釋：「對不起，我在執行勤務，目前不方便暴露身分。」語畢，他走到另一頭，目光仍緊盯著某處。

明雪注意到那個角落有三位西裝筆挺的遊客，中間戴眼鏡那人較矮，斑白頭髮梳理得很整齊，雖然面容略顯蒼老，卻仍是一位風度翩翩的中年紳士；旁邊兩人則戴著墨鏡，身材非常魁梧。

沒一會兒，明安吵著要體驗在郵輪上游泳的新奇感受，但爸爸看了看手錶，皺著眉說：「快吃晚餐了，還是明天早上再游吧！這座海水游泳池浮力很大，明天你們可以游個高興。」

於是，他們就回房稍事休息，準備晚一點大啖美食，好好犒賞自己。

船上餐廳非常豪華，四周盡是大片玻璃窗，可以直接觀賞海景。郵輪公司不但準備了豐盛的歐式自助餐，餐桌更圍繞著舞臺擺放，上面有兩位藝人正在表演，一人彈琴，另一人吟唱西洋歌曲，洋溢著歡樂氣氛。

這時，李雄端著裝滿食物的盤子，坐到爸爸身邊。

爸爸低聲詢問：「你不是還在值勤嗎？」

「嗯，但現在郵輪開到公海，我的任務已經結束了，接下來算是賺到一次假期。」李雄的神情明顯比下午放鬆許多。

明安羨慕的說：「到豪華遊輪上吃喝玩樂也算執行勤務？李叔叔，你的工作真是太快樂了！」

聞言，媽媽輕拍他的頭：「別胡說，李叔叔的任務說不定很艱困，你不知道細節就別亂猜。」

此時全場響起熱烈掌聲，原來是船長走上舞臺，向旅客致歡迎詞，並報告未來的行程。

突然，一名員工衝進餐廳，慌張大喊：「報告船長，有人落水了！」

旅客們議論紛紛，船長則忙著安撫大家：「各位貴賓不要驚慌，本船船員均受過充分訓練，將立即展開搶救行動，也請大家不要到甲板上，以免妨礙救援。」接著，他要求大副清查旅客名單，找出落水人員的身分，並到甲板親自坐鎮，指揮救援行動。

船長命令一發落，餐廳大門立即關閉，不准遊客離開，船員也逐一清點旅客名單。

李雄忽然站起身來，望了遠處一眼，明雪也依樣畫葫蘆，跟著站起來看，發現那位中年紳士還在用餐，但身旁只剩一名大漢相陪。

「怎麼少了一個人？」明雪思索這個問題時，恰巧看見另一名西裝大漢由下一層船艙走上來，進入餐廳。

見狀，李雄坐了下來，發現明雪竟然跟著照做，訝異的說：「明雪，妳該不會已經猜出我的勤務內容了吧？」

明雪自信的點點頭：「我想，李叔叔負責監視和保護那位中年紳士。」

李雄頓感佩服：「唉，我就知道瞞不過妳。你們別被那傢伙的斯文外表騙了，他是香港人，名叫張凱育，曾擔任香港立法會議員，卻私下勾結黑道販賣毒品，賺了很多黑心錢。東窗事發後，他潛逃到臺灣，最近因為缺錢花用，便勒索當年一起販毒的同伴，要他們提供金援，否則他就向警方供出內幕……」

吱嘎吱嘎
怎麼少了一個人？
嗯
明雪，妳該不會已經猜出我的勤務內容了吧？
我想，李叔叔負責監視和保護那位中年紳士。

「這個新聞我有印象，當時香港還鬧得沸沸揚揚呢！」爸爸心有所感的說。

李雄點點頭：「這次他混上這艘郵輪，就是要到香港收取勒索的金錢。據情報顯示，販毒集團擔心萬一張凱育遭到警方逮捕，會全盤供出內幕，因此也派遣殺手混上這艘船。臺灣當局為了避免在領海發生命案，所以派我暗中保護張凱育的人身安全；他自己心裡也有數，所以雇用兩名保鏢貼身保護。」

明安不屑的抱怨：「警方幹麼要保護那種壞人？」

「沒辦法，我們不能讓壞人自相殘殺。我的任務是保護他到公海為止，接下來就由香港警方接手，但對方目前尚未現身，所以我也不知道是誰。」李雄全盤托出實情，讓氣氛頓時嚴肅起來。

爸爸苦笑道：「天哪！我還以為大家是來度假的，沒想到各路人馬各懷鬼胎。這下子，我真的遊興全失了。」

在他們交談期間，餐廳傳來一陣騷動，原來是一名微胖男子與張凱育等人發生衝突。

服務人員連忙上前制止，那名男子卻突然掏出證件，表明身分：「我是來自香港的陳警官，正在盤查這三位先生的行蹤，請你不要干擾辦案。」

聞言，最後才走進餐廳的保鏢大聲抗議：「我只是到下一層船艙上廁所，你憑什麼懷疑我？」

面對這般凶神惡煞，陳警官毫無懼色：「我強烈懷疑你們和另一名乘客落水的事件有關，因此要扣押你們。」

「就憑你？」那名保鏢先是冷笑，接著猛然揮拳，攻勢凌厲。

陳警官雖然微胖，身手倒是挺靈活的，先是側身閃過，然後順勢一扯把對方摺倒在地，還俐落的銬上手銬。

另一名保鏢由後方突襲，朝陳警官的後腦勺揮拳，說時遲、那時快，人群中竄出一道黑影，右手擋住攻擊、左拳痛擊對方，讓他痛得倒在地上哀號。

陳警官驚訝回頭，只見李雄掏出證件，笑著表示：「臺灣警方協助辦案。」

此時，船長正好從甲板返回餐廳，大聲質問現場為何打架？待兩位警官表明身分，他才回報落水乘客不幸溺斃，並請求協助。

陳警官明快的下了決定：「這人叫做張凱育，是通緝要犯，他的保鏢也涉嫌謀殺。你先把他們分別關進房間，再派遣船員站崗，直到船隻入港，由警方接管一切為止。」

張凱育不愧是老狐狸，即使面對警方指控，神情依舊冷靜：「謀殺？這艘船上哪有人被謀殺？」

李雄正想說些什麼，大副剛好向船長報告，落水男子為香港籍的吳鈺宇。

陳警官盯著張凱育的眼睛，緩緩說道：「吳鈺宇是香港幫派份子，這次上船就是要刺殺你，沒想到卻落水身亡……你敢說這件事和你沒關係？」

張凱育逸出一聲冷笑：「哼！船員發現有人落水時，我好端端的坐在餐廳裡，有這麼多人作證，我可不怕你誣賴。」

「但你的一名保鏢卻沒陪在身邊，直到船員報告落海事件後，他才從下一層船艙上來。我觀察過了，若要從下面的欄杆把人扔下海，還挺方便的……」陳警官絲毫沒有動搖，堅定的說。

張凱育略顯激動：「這全是你的想像，根本不能當證據！」

話雖如此，但在船長的協助下，張凱育三人還是被「請」進房間裡，接受嚴格監控。另一方面，為了避免證據被破壞殆盡，陳警官也加快辦案腳步，請船醫立即進行解剖，以了解吳鈺宇的死因。

醫務室裡，原先的病床已變成解剖床，擺放著吳鈺宇的大體。

女船醫皺起眉頭，困擾的說：「我是小兒科醫師耶！平常頂多處理小朋友受傷或遊客感冒之類的毛病，從沒想過要進行解剖。」

「現在是緊急狀況，就請妳勉為其難，提供專業意見給兩位警官參考吧！」船長耐心安撫她的情緒，希望案情盡快水落石出，給全體乘客一個交代。

當女船醫無奈的劃下第一刀，船長便默默退出醫務室，讓她安心工作。外頭，李雄和陳警官正忙著討論案情，明雪和明安徵得兩人同意，在一旁乖乖聆聽。

不久，船醫步出醫務室，提出解剖報告：「由肺部積水且肺部大動脈有溶血反應來看，此人確實死於溺斃。」

「果真是溺斃？他不是被毆打致死後才棄屍海裡？」陳警官喃喃自語。

明雪看了他一眼，好奇的問：「請問什麼是溶血反應啊？」

「就是水滲入紅血球後，把紅血球漲破。」女船醫簡短說明。

明雪低頭沉思數分鐘後，才抬起頭說：「陳警官，你的推測沒錯，這是一件謀殺案，而且命案現場可能就在郵輪的按摩池。若警方仔細搜索，或許可以找到證據。」

「啊？」陳警官被明雪突然冒出的推論嚇了一跳，剎那間反應不過來。

李雄笑著解釋：「這是我們臺灣的美少女偵探，姑且聽聽她的推理吧！」

「發生溶血反應表示吳鈺宇是在淡水中溺斃。淡水進入肺部後，因為濃度比紅血球內的溶液還低，所以會滲入紅血球，直到把紅血球漲破；若是在海中溺斃，因為海水濃度比紅血球內的溶液還高，就不會出現溶血反應。吳鈺宇明明掉進海中，卻是在淡水裡溺斃，即可確認這是一件謀殺案。」明雪有條不紊的說明，直到眾人都點頭表示了解，才繼續解釋。

「如果要使人溺斃，需要不少水量。今天下午登船後，我研究過整艘船的平面圖及設施，發現除了飲用水之外，另一個貯存大量淡水的地方就是按摩池。」

說到這裡，陳警官和船醫都投以讚賞的眼神，李雄跟明安則露出與有榮焉的笑容。

隔天一早，就見兩名警官封鎖按摩池進行蒐證，明雪姊弟則在海水游泳池玩得不亦樂乎。

啜飲著飲料的明安提出疑問：「姊，妳怎麼知道溶血反應和是否在淡水裡溺斃有關係？」

「你忘了我們寒假在姑婆家菜園發生的事嗎？」明雪嘴角噙著笑，看了弟弟一眼。

明安努力回憶，終於想起自己赤腳在菜園嬉戲，不幸被吸血水蛭纏上。當時姑婆一把抓下水蛭，還吩咐明雪將鹽撒在水蛭身上；只見水蛭不斷冒出水來，身體也愈來愈小，最後只剩一團溼溼的痕跡。

「想起來了吧？我們老師曾教過這個原理——把食鹽撒在水蛭身上後，牠體內的水就會滲出細胞外以稀釋食鹽，水蛭身體因此逐漸縮小，最後脫水而死。未摻防腐劑的蜜餞和醃肉就算不放冰箱，也不會腐敗，即是基於相同原理；因為蜜餞內含大量的糖，醃肉則有大量食鹽，若細菌沾染到這些食物，會立刻脫水而死，所以醃漬食物不易腐敗。」明雪詳細解釋。

聞言，明安彈指大喊：「我懂了！昨天船醫提到吳鈺宇肺部有溶血反應時，妳立刻聯想到把鹽撒在水蛭身上，牠體內的水會往外滲的道理；反過來說，如果紅血球泡在淡水中，淡水就會滲進紅血球，對不對？」

明雪笑著補充：「沒錯！總之，水由淡的地方移向濃的地方，就叫做滲透作用。」

這時，陳警官帶來好消息：「明雪，由於妳的協助，我們在按摩池畔找到打鬥痕跡，也取得不少證物。張凱育等人已鬆口認罪，要求減刑。案情大致是：張凱育一發現吳鈺宇的蹤影，就約他到按摩池談判，但因為李雄警官嚴密監視，張凱育無法脫身，便指示保鏢出面，到按摩池殺人滅口，並將屍體藏匿起來。等到晚餐時刻，眾人聚集在餐廳之際，才由其中一名保鏢把屍首扔進海裡。」

明安點點頭，接著好奇的問：「奇怪，李叔叔怎麼沒跟您一起來呢？」

陳警官笑著回答：「郵輪已進入香港領海，張凱育也被囚禁起來，李警官圓滿完成任務，正和令尊在籃球場鬥牛呢！」

「他們兩位老同學又要比高下了，真是受不了！」明雪姊弟倆人小鬼大的搖頭嘆氣，陳警官忍俊不住，放聲大笑……

科學破案百科

如文中所述，水通過半透膜向濃度高的一側移動的現象，稱為「滲透作用」。除了把紅血球放入淡水中，紅血球會因為淡水滲入而破裂之外，植物根部的細胞亦可藉由滲透作用，從土壤中汲取水分。不過，因為植物根部細胞外是具有孔隙的細胞壁，其主要成分是韌性十足的纖維素，所以能防止細胞過度膨脹，又可讓大部分物質通過。

另一個類似的現象是「擴散作用」，意指在同一溫度下，分子由濃度較高處往低處運動。例如：呼吸時，氧氣進入肺部動脈，二氧化碳由靜脈進入肺部，都是靠擴散作用。

案件 10

林間落單之危

明雪和班上幾位同學趁著假日相約出遊，目的地是新北市碧潭。他們早上先在碧潭划船，中午在潭邊的小吃攤吃過午餐後，惠寧提議到對岸的寺廟走走。

「我小時候常跟爸媽到那座廟參拜，廟裡香火鼎盛，從前方的小花園往外眺望，風景十分美麗，我們何不到那裡走走？」

眾人一聽深感同意，於是就由惠寧帶頭，走過吊橋，穿越人口稠密的社區，轉進狹窄的柏油路。這兒一側是山壁，另一側是稻田，窄得只容一輛車單向通過，幸好路上沒有車和其他行人，只有他們這群學生，邊走邊聊，倒也十分開心。

可是，明雪不禁擔心起來：「惠寧，一路走來，行人愈來愈少，現在只剩我們，妳確定沒走錯路嗎？」

惠寧笑著回答：「唉呀，妳放心啦！我小時候常走這條路，雖然已經很多年沒來了，但這裡就只有這麼一條柏油路，不會走錯的啦！」

大家又走了四十分鐘後，已經有同學喊著腳痠，頻頻問惠寧還有多遠。

這時，全班最嬌弱的雅薇突然表示自己吃不消，不想再走了，她說：「我走不動了，前面剛好有座涼亭，我就坐在那邊等你們好了。」

明雪看看四周，覺得不妥：「我覺得大夥還是在一起比較安全，妳一個女生落單不太好……」

「沒關係，這段路除了我們之外，就沒有其他人，不會有危險的。反正照惠寧說的，離廟宇只剩十分鐘的路程，你們來回也不過二十分鐘，不用擔心啦！」雅薇邊說邊搥著痠疼的雙腿。

奇錚見明雪仍有些猶疑，便自告奮勇的說：「我留下來陪雅薇好了。」

大夥也覺得留個男生陪她比較放心，但雅薇堅持不肯。她從口袋拿出口琴：「你們去吧！我在這裡吹口琴等你們。只需吹奏幾首歌的時間，你們就回來了。」

語畢，雅薇就逕自吹奏起來，大家看她如此堅持，只好繼續前行。

這次惠寧果然沒騙人，他們大約走了十分鐘，便看到斜坡上的寺廟。走上階梯，一座佛塔映入眼簾，供奉神像的正殿就在塔邊，但裡頭冷冷清清，看不出曾經香火鼎盛的景況，只有一位老尼姑正在打掃。

惠寧搖搖頭，感慨的說：「想不到幾年沒來，這裡竟然沒落成這樣……」

眾人卻絲毫不在意，催促著她：「反正我們是來看風景的，管他沒不沒落。惠寧，接下來要怎麼走？」

惠寧帶他們穿過正殿，走到一座小花園：「從前面欄杆處向下望，可看見一條山溪流過，碧潭的水就是從這兒來的。隔著溪，還能看到對面的山，風景很美。」

大夥照她的指示，走到欄杆旁往下望，果然有一條美麗的小溪，不過對面的山就不怎麼美麗了，因為有幾臺挖土機正在工作，山上一片黃土，旁邊還立著賣房子的廣告。

惠寧嘆口氣道：「唉！再過不久，這座山就會變成有錢人的別墅區吧？」

明雪先是點點頭，然後提醒大家：「我們還是快回去吧！留雅薇一人在涼亭裡，我實在是不放心。」

大夥不敢耽擱，立刻往回走，又花了十分鐘才回到涼亭，沒想到卻遍尋不著雅薇蹤影。

「莫非她等得不耐煩，先走回吊橋了？」

「不知道耶！對了，她有帶手機嗎？」

「沒有，她爸媽說要等她考上大學，才買手機給她。」

眾人議論紛紛，明雪心底也有不祥預感，因此提議：「惠寧，妳先帶其他人走回吊橋，我在這裡再等一會兒，只要發現雅薇，就打手機通知對方。」

「明雪，那我留下來陪妳。」奇錚堅持不能再讓女生落單了。

大家離開後，明雪請他退出涼亭外，自己則蹲在地上，想找出任何可解開雅薇失蹤謎團的蛛絲馬跡。不久，她發現地上有幾道紅色痕跡，因為和塵土混在一起，不注意的話，很容易被忽略。

「莫非是血跡？」明雪如此猜測，但就算是血跡，也可能是很久以前留下來的，畢竟任何人和動物都能自由進出這裡。

這時，一輛白色汽車從吊橋那兒疾駛而來，往寺廟方向開去。由於剛才一路走來，沒有其他人車，明雪不禁多看了它一眼，不過車窗上貼著深色隔熱紙，什麼都看不見。

又過了幾十分鐘，正當明雪和奇錚坐立不安，手機終於響了。

「明雪，出事了！我們在吊橋這邊也找不到雅薇……」惠寧焦急的說。

明雪沉重的閉了閉眼：「唉，那就趕快報案吧！對了，你們剛才在路上，有沒有與一輛白色轎車擦身而過？」

「有啊！妳怎麼知道？路那麼窄，我們都要靠邊站，車子才過得去。」惠寧不禁抱怨。

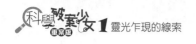

模糊的想法一閃而過，明雪因此交代惠寧：「這樣好了，報案的電話我來打，你們在那邊查訪一下，看看有誰在今天下午見到那輛車，以及車主做了些什麼事。它的車號我有記下來，是XZ……」

刑警李雄和鑑識專家張倩很快就趕到現場，明雪描述了事發經過，也指出地

上的紅色痕跡。

張倩拿出棉花棒抹了一下，再噴上光敏靈（一種驗血劑，常用來檢測血跡），待棉花棒發出淡光，她證實明雪的猜測：「這的確是血跡沒錯，但究竟是新或舊，必須送回實驗室做PGM分析才知道。血液裡的PGM最久可保持二十個月，若血跡內沒有PGM，代表這可能是二十個月前所留下，與本案無關；若檢驗出PGM，則表示是新近的血跡。」

聞言，明雪皺著眉頭，擔心起好友安危：「什麼是PGM？檢驗時間會不會很久？這樣就來不及救雅薇了……」

張倩連忙安撫她：「PGM是一種酵素，中文學名叫『磷酸葡萄糖變位酶』，無論是血液或牙髓裡都可發現它的存在，因此在法醫學上可作為重要證物，而且只要有齊全設備，大約九十分鐘內就能完成分析。我現在馬上採樣，再請警員送回實驗室，不久就會知道結果。」

語畢，她又用棉花棒沾染血跡，然後裝進塑膠袋密封；李雄則趁著這個空檔，詢問奇錚是否見過可疑人物在附近出沒？

奇錚飛快的搖搖頭：「沿途除了我們，沒有其他行人及車輛，只有一輛白色轎車經過。不過，那輛車是在我們發現雅薇失蹤後，才從吊橋那邊開來，應該與這件事無關。」

李雄想了一下，說：「我剛才用無線電詢問過本地警察，沿著這條路往山區走，過了寺廟後，就是一個只有十幾戶農家的小村子，因此這條路平常只有香客和村民進出。不過，今天除了你們，尚未有其他香客前往參拜，如果那輛車一直沒開出來，代表車主應該是本地居民，說不定曾與雅薇或歹徒擦身而過，問問也無妨。」

在請警員將張倩採集的證物送回實驗室化驗，並安排奇錚搭警車到吊橋與同學會合後，李雄便載著張倩和明雪查探山區裡的村落。明雪一眼就發現其中一間農舍門口停著那輛白色轎車，一名捲髮微胖的中年男子正抓著水管沖洗車子。

這時，她急得放聲大叫：「就是這輛車！李雄叔叔，快，快阻止他洗車！」

李雄疑惑的說：「明雪，從他出現在涼亭的時間看來，他頂多是目擊證人，不太可能是歹徒呀！」

明雪連忙搖搖頭：「不，李叔叔，我剛才又仔細想了一遍後，發現還有一種可能——歹徒若是村民，必定是從村子往吊橋開，當他攻擊落單的雅薇後，八成會急著返家湮滅證據，但因為道路過於狹窄，只能先到吊橋邊的社區迴轉，再開回村子，沒想到卻被我們撞見。由此來看，他並非完全沒有嫌疑。」

李雄覺得她所說的不無道理，因此立刻跳下警車，表明身分，要求男子出示證件。

對方見到來者是警察，略顯驚慌，但隨後就鎮定下來，抗議自己並無犯法，不願交出證件。

因為缺乏證據，李雄只能客氣的說：「附近有一位高中女生失蹤了，警方動員挨家挨戶尋找，請大家配合辦案。」

那名男子悻悻然的點頭，心有不甘的出示身分證。正當李雄以警用電腦調查這位叫做陳柏翔的男子是否有前科時，張倩也提著工具箱走到白色車輛旁，向車主表明要採集證據。

陳柏翔突然變得緊張起來，大聲喝斥：「妳……妳又沒有搜索令，不能搜證！」

看他反應過度，張倩心中提高警戒，故意說道：「若有必要，我可以向檢察官申請搜索令，到時恐怕不只是車子，就連房子也會列入搜索範圍。」

陳柏翔最後還是退到一旁，讓張倩執行勤務。她戴上手套，打開車門和行李廂，裡裡外外全看了一次，發現陳柏翔不但沖洗車體，連腳踏墊和行李廂的布墊也拿出來刷洗、晾乾，採到微物跡證的可能性大幅降低。

明雪也注意到這點，她沉思片刻，低聲提出看法：「雅薇和我們分手時正在吹口琴，但涼亭裡卻遍尋不著口琴。假設雅薇是被歹徒打昏後帶走，對方顯然連口琴也一併拿走了。試想，若妳把一個昏迷的人抱上車，再回頭撿拾掉落的口琴，妳會把口琴放在哪裡？」

「嗯……不是副駕駛座前的手套箱，就是門邊的置物格。」張倩想像明雪描述的情境，推敲出這個答案。

明雪點頭表達贊同：「我也這麼想。」

不過，別說口琴了，張倩發現手套箱和門邊置物格空無一物，失望之餘不禁質疑：「這輛車上竟然沒有放置任何物品？這太不尋常了吧！」

覺得事情不對勁的她，拿出螺絲起子，拆開門邊的置物格，終於在左後方車門找到紅色痕跡。陳柏翔見狀，臉色一變，一句辯解的話都說不出來。

此時，明雪的手機響了，電話一接通，惠寧著急的聲音從那頭傳來：「明雪，我們剛才繼續在吊橋附近詢問，結果很多人都說看到那輛白色轎車今天下午開到文具店購物後，就掉頭返回山區，文具店老闆也證實車主買了一條童軍繩……」

明雪掛斷電話後，立刻大聲質問陳柏翔：「文具店老闆說你在那裡買了一條童軍繩，該不是用來綑綁雅薇的吧？」

陳柏翔一聽，知道事蹟敗露，拔腿就跑。不過李雄很快便追上去，將他撲倒，並戴上手銬。

明雪衝進陳家要救雅薇，但屋內空無一人，讓她更加焦急。隨後進入的張倩發現門邊有雙皮鞋，腦中閃過涼亭血跡的畫面，因此著手採集鞋底的跡證，連同剛才車上的紅色痕跡，做了初步化驗，證實都有血跡反應。

這時，實驗室已將涼亭血跡的檢驗結果傳到她的手機，證實其為新近留下的血跡，張倩立刻指示同事前往雅薇家取得DNA樣本，做進一步確認。

押著陳柏翔進到屋裡的李雄，則試圖突破他的心房：「所有關鍵證物都被我們警方掌握，破案只是時間的問題。你最好趕快供出被害者藏在哪裡，否則我會請法官從重量刑！」

陳柏翔見大勢已去，只好坦白招供：「從我家後門走過去，有一間廢棄的豬舍，你們要找的人就在裡面。我沒有要傷害她的意思，只是因為缺錢，又看她一個人落單，就想到綁架勒贖……」

明雪和張倩火速往屋後跑，果然發現一間豬舍。兩人衝進去一看，裡頭黑漆漆的，但仍可看見雅薇被童軍繩綑綁，跌坐在地。張倩檢查她的傷勢，發現額頭流了很多血，便以無線電通報救護車，明雪則忙著解開繩子。

待重獲自由，雅薇「哇」的一聲哭了出來，並緊緊抱住明雪，敘述事發經過：「我……我在涼亭等你們，結果一輛白色的車經過，裡面突然衝出……一個人，他不但動手抓我，還搶走口琴，用口琴打我的頭……」

明雪拍拍她的背：「不要怕，壞人已經被警察抓起來了。」

「那……那支口琴是爸爸送我的生日禮物……」雅薇邊啜泣邊心疼的說。

「別擔心，我剛在豬舍裡找到這支口琴。多虧它，我們才能在車門的置物格發現血跡，等我們採樣完畢，就會還給妳。」張倩揚揚手中裝著染血口琴的塑膠袋，安撫著說。

雅薇揚起一抹微笑，虛弱的點點頭，接著安心閉眼休息。

科學破案百科

所謂 PGM 分析，意指運用「電泳現象」檢測血液中的 PGM 酵素，以判斷血跡產生的時間。至於什麼又是電泳呢？帶電顆粒在電場作用下，朝向與其電性相反的電極移動，此現象即稱為「電泳」。

人類早在 1808 年就發現電泳現象，並把它當作分離方法，直到 1937 年瑞典科學家 Tiselius 發明了世界第一臺電泳儀，建立「移動界面電泳」；而這項成就，也讓 Tiselius 在 1948 年獲得諾貝爾化學獎，因為他成功的將血清蛋白質分成白蛋白、α1-、α2-、β- 和 γ- 球蛋白五個主要成分，為人類了解血清奠定基礎。

案件 11

記憶合金的詭計

今天是星期天，由於阿公和阿嬤正好到臺北來，明雪全家開心的聚餐，大家吃吃喝喝，又聊著每個人的糗事，嘻嘻哈哈，非常快樂。可是飯後爸爸卻發現阿公皺著眉頭，手撫著胸口。

「胸口又痛了嗎？」

阿公痛苦的點點頭，他最近常常胸口痛，尤其是剛吃飽飯後，情況更嚴重。這次來臺北就是為了到大醫院做詳細檢查。

爸爸扶著阿公說：「已經幫你預約掛號了，等星期一就到醫院看心臟科門診。我現在先扶你到房裡休息。」

本來大家計畫飯後要去參觀博物館，因阿公身體不適，也只好取消。

明雪向爸媽說：「那我和弟弟兩個人自己去好了！」

取得爸爸和媽媽的同意後，兩姊弟就一起出門。他們快到博物館時，遇到紅燈，只好停下等候燈號改變，突然有輛警車響著警笛從遠處開來。兩姊弟正好奇發生了什麼事時，警車恰好停在街角一棟木屋前，車上走下兩名警察，明雪一看，正好是李雄叔叔和他的搭檔林警官。

這時候，木屋的門打開，走出一個身穿披薩店制服的長髮青年，李雄立刻把他攔下來問話。

「屋子裡面有什麼人？」

那名青年說：「有人打電話叫了一份披薩，我是來送披薩的。但是喊了半天，屋裡並沒有人回應，可能是惡作劇吧！現在這種無聊的人很多。」

這時候木屋的門突然關上，李雄和林警官兩人對看了一眼並說：「人果然還在裡面。」於是兩人都衝上前去敲門。

披薩店的員工則騎著停在路邊的摩托車走了。

明雪和明安兩人知道李雄正在辦案，不敢前去打擾，可是他們對刑案又非常的好奇，兩人商量了一下，決定不去博物館了，站在路邊靜靜觀察事情的發展。

李雄高喊：「我們是警察，快開門！」但屋內都沒有回應，又用力敲了一陣子門，還是毫無動靜。

林警官到屋後繞了一圈，回來說：「木屋並無後門，嫌犯應該跑不掉。」

李雄就交代林警官：「我守在這裡，你去找里長和鎖匠來。我們甕中捉鱉，不怕他溜掉。」

林警官依吩咐離開後，明雪見局勢比較和緩，就遠遠的和李雄打招呼：「李叔叔，你們在抓壞人嗎？」

李雄立刻揮手制止：「對，你們不要太靠近喔！我們接到線報說這裡住著一名鑽石大盜，我們對他的長相和習性都不了解，也不知道他有沒有武器，所以你們別太靠近。」

這時林警官已經找來里長和鎖匠。

李雄詢問里長這間木屋的住戶是什麼人，里長說：「屋主在南部，這木屋已經很久沒有人住了，聽說最近才租出去，我也沒見過這名房客。」

於是李雄指示鎖匠立刻開門，可是鎖匠弄了半天還是打不開，他說這個鎖太精密了，一時間沒辦法打開，他只好回店裡拿電鑽來把它鑽開。

又過了二十分鐘，鎖匠終於破壞門鎖，把門打開。兩名警官急忙衝進屋裡，卻驚訝的發現屋裡空無一人。

兩人驚訝的喃喃自語：「太奇怪了，屋子裡的人怎麼會憑空消失？莫非我們遇上靈異事件？」

明雪和明安在門外目睹這一幕也百思不解，這時明雪的手機響起，原來是爸

木門突然關上，但屋裡沒有人——
送披薩的員工也說屋裡沒有人——
沒有後門的空屋，到底是怎麼在我們面前關門的呢？
鎖匠無法打開的門——

爸打來的。

「阿公突然昏迷，我現在要送他到醫院急診室，你們兩個快到醫院會合。」

姊弟倆急忙向李雄告辭，趕到醫院去。

他們抵達醫院時，阿公已經被送進心導管檢查室，爸爸和阿嬤焦急的坐在外面等候。

明安問：「阿公怎麼了？」

「醫生檢查後發現阿公可能是心肌梗塞，現在正在做心導管檢查……」

這時候護士走出檢查室，請家屬進入聽取說明，所有人都跟著走進去。

醫師在一部電腦螢幕前等候他們，他說：「經我們打入顯影劑進行心導管檢查後，發現病人的兩條冠狀動脈堵塞，你們可以由這段影片看到……」

醫生邊說邊請他們觀看電腦螢幕上的畫面，醫生指著其中一個點說：「你們看，這裡看不到顯影劑，就表示血管堵住了。」

明雪和明安根本看不懂，只看到畫面上幾根樹枝狀的黑色管子可能就是血管吧，好像斷掉的樹枝。

爸爸表情沉了下來：「那現在該怎麼辦？」

醫生說：「可以放入支架把堵住的血管撐開來。」

醫師正要向爸爸說明手術的性質與風險，爸爸說：「我略有了解，不必說明，請爭取時間，趕快動手術吧！」於是醫師點點頭，準備進行手術。

一家人退出手術室後，明安問：「阿公要進行什麼手術？危不危險？」

爸爸先在護士送過來的手術同意書上簽名後，再詳細的為明安解釋。

「醫生會由阿公的大腿股動脈處切開一個洞，由這裡送入一段金屬支架到冠狀動脈，把阿公的血管撐開，使血液流通。至於手術一定會有風險，不過現代醫學發達，這種手術的成功率很高，不用太擔心。」

明雪和明安聽了不禁咋舌，明雪疑惑的說：「好神奇喔，如果金屬支架可以撐開血管，那直徑一定比現在的血管大，在由股動脈送到心臟附近時，不會卡住嗎？」

爸爸立刻解釋：「這種支架在未張開前直徑很小，送到冠狀動脈時才會擴張開來，把血管撐開。使支架擴張的方式有很多種，其中有一種是利用記憶合金。」

明安更不懂了：「記憶合金？這種合金有記憶性？那能幫我記住九九乘法表嗎？」

爸爸被明安逗得笑了出來，原本深鎖的眉頭總算舒展開來：「它完整的名稱叫形狀記憶合金，成分有好多種，常見的一種是鎳鈦合金。這種合金會『記住』原本的形狀，即使你把它扭曲成另一種形狀，只要受熱它就會恢復成原來的形狀。它只能記住形狀，不能幫你記九九乘法表。」

明雪想確認自己有沒有聽懂爸爸的意思，詢問道：「用記憶合金製成的支架雖然被壓縮成直徑較小的形狀，但在進入人體之後，溫度變高，因此會張開而恢復原來直徑，因此把血管撐開了，是嗎？」

爸爸點點頭表示她說得很正確。

手術進行了將近兩個鐘頭，終於見到阿公被推出來，醫師也宣布手術非常成功，並請他們進入看看手術後的照片，原來斷掉的樹枝好像又長出新的細枝，醫生說那代表血液再度流通了，醫生還指給他們看新裝的支架在那裡，一家人總算放下心。手術後，阿公又在病房裡住了一夜，第二天中午才回家。

明雪確定阿公沒事後，又再度思索星期天親眼目睹的嫌犯消失奇案。

星期一放學後，她順道至警察局找李雄叔叔，她想知道小木屋的案子進行得怎麼樣了。

李雄關心的問了阿公的病情後，向她解釋道：「如妳所見，屋裡空無一人，可能線民提供的線索有錯吧！」

明雪不能接受這樣的答案：「可是門明明當著我們的面關上的啊！」

李雄說：「我和林警官討論以後，猜測可能是風吹的，如果屋內有人，怎麼可能憑空消失？何況披薩店的送貨員也說沒人回應……」

明雪問：「你們事後有再去找這名披薩店的送貨員嗎？」

李雄尷尬的說：「沒有呀，反正屋裡又沒找到嫌犯，難道妳懷疑……」

明雪搖搖頭說：「我也不知道這到底是怎麼回事，不過我可以回到小木屋察看一下現場嗎？當天我還沒進屋就被我爸叫到醫院去了。」

李雄點點頭說：「好啊！反正那裡並沒有被列為犯罪現場，只交代管區警員在巡邏時多注意那間房子，如果發現有人進入，立刻通知我。不過現在我陪妳去比較安全。」說完他就帶著明雪搭上警車，前往現場。

明雪知道察看現場的機會如果沒有通知弟弟，他知道後一定會大發雷霆，便打手機通知明安到小木屋來會合。李雄也利用警車上的無線電與管區警員確認過，這兩天都沒有人進出小木屋。

警車再度停在小木屋前，李雄走前面，小心翼翼推開木門，確認屋裡沒人後，招手要明雪進入。

明雪並不察看屋裡的擺設，而是直接走到門後，觀察了一陣子之後，微笑著點點頭，又拿起手機撥了電話給弟弟：「明安，你快到了嗎？」

明安回答：「再轉個彎就到了。」

明雪說：「你先到路口那家便利商店買一枚電池帶過來。」

明安雖然不知道姊姊要電池幹什麼，但他還是照辦，三分鐘後明安就帶著電池進入小木屋。

李雄到目前為止，仍然搞不懂明雪在玩什麼把戲，不禁好奇的問：「妳要電池做什麼？」

明雪笑著說：「你馬上就知道。」

她從門後抽出一枚舊電池，換上明安帶來的新電池後，說：「我們全都後退，看看會發生什麼事？」

李雄和明安隨著明雪一同後退，三人距離木門有兩公尺遠，幾秒後就見門自動關上。

李雄和明安都十分訝異，齊聲問道：「為什麼門會自動關上？」

明雪帶著他們走到門後表示：「你們摸摸這根金屬線。」

明安上前仔細一看，門後有個電池盒，裡面裝著明安剛買來的電池，有一條銀白色的金屬線，一端接著電池的正極，另一端接著電池的負極，金屬線的中端勾住V形金屬片的末端。明安用手去接觸金屬線，感覺有點燙，急忙把手收回來。

李雄也摸了：「為什麼會燙？」

「因為現在是短路啊！」明雪一邊回答，一邊把電池拆了下來，「把電源切斷，金屬很快就會冷卻下來。」

接著她把木門打開，把金屬片用力扳成L形，並讓金屬片末端與木門輕輕接觸，然後再次把電池裝回電池盒中，幾秒後門又自動關上。

見此情況，明安拍手驚呼：「姊，這真是太神奇了，告訴我原理。」

明雪笑著說：「這塊金屬片就是形狀記憶合金呀，它本來的形狀是V形的，當我們用力把它扳成L形時，改變了它的形狀。一旦金屬線因短路而變熱，熱會傳給記憶合金，於是它就恢復成原來的V形，同時推動門板，把門關上。」明雪拿出紙和筆，一邊畫圖（如下圖），一邊解說。

李雄沉思之後說：「所以說，當天警車抵達時，嫌犯真的在屋裡，但他換上披薩店的制服，在門後這個機關裝上電池，然後打開門走出來。在我們攔住他問話時，門自動關上，讓我們誤以為嫌犯還在屋裡，所以就放過他，這套自動關門的機關是用來誤導警方的，等我們找來里長及鎖匠把門打開時，嫌犯早就逃得不見人影了。」

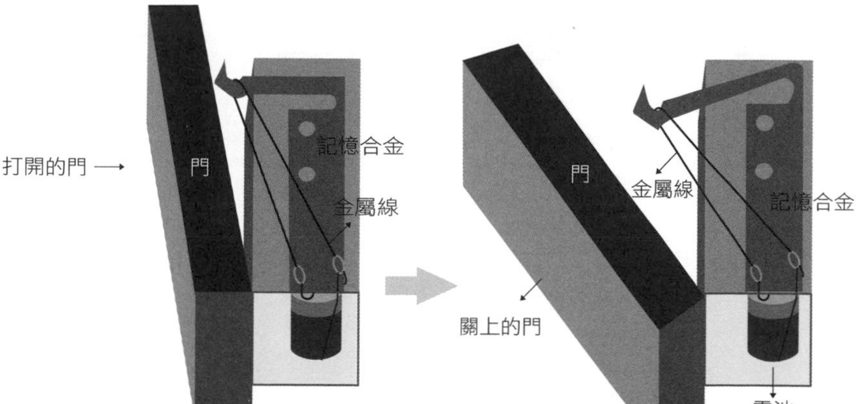

把金屬片扳成倒L形　　金屬片受熱後，恢復為原來的倒V形

明雪點點頭：「沒錯，嫌犯很狡猾，他應該早就想好這套脫身計畫，包括關門機關、披薩店制服和停在門口的機車等，我猜那輛機車是隨時停在那裡準備逃亡的。」

李雄懊惱的說：「真後悔上了他的當！」

明雪安慰他說：「沒關係，他走得這麼匆忙，不可能有機會消滅所有的證據，如果仔細搜查，應該可以找到許多有用的線索，包括指紋等。還有你和林警官都已經見過他的臉，今後不會再對他一無所知了。」

李雄點點頭：「嗯，我馬上聯絡張倩前來蒐證，另外再找畫家來依我和林警官的描述繪製嫌犯的畫相，此外歹徒這種誤導的手法也應讓所有警員提高警覺，我們要好好記取這次的教訓。」

明雪笑著說：「對呀！亡羊補牢，也不算毫無收穫啦！」

科學破案百科

「形狀記憶合金」又有人稱為「智慧型合金」，這是一種對溫度特別敏感的特殊材料，這種合金對形狀有特殊的記憶能力，在一定條件下（通常是加熱到一定溫度時），它就會恢復到原來的形狀。

「記憶合金」會具有記憶能力，是因為金屬是由相同原子緊密堆積而成，而合金則是由不同的金屬原子堆積形成；由於金屬原子的大小和結構各有不同，合金形成的條件也相異，因而形成不同的晶體結構，記憶合金的「相變化」就是由於晶格結構改變所引起的。包括鎳鈦合金、銅鋅合金、銅鋁鎳合金以及銅金鋅合金等，現在也有以鐵合金及不銹鋼合金製成的記憶合金材質。在這麼多的記憶合金中，以鎳鈦合金的應用最廣泛，因為它的「記憶溫度」可以藉由調整鎳鈦的比例成分來調節。

因為記憶合金具有特殊的記憶功能，所以現在被廣泛應用在航空、衛星、醫療、生物工程、能源技術中，舉凡骨科用的鋁合金假腿的接頭、接骨的骨板、飛機上的特殊鉚釘，還有可縮小帶上太空的龐大天線，醫療上的人造心瓣膜、脊椎矯正棍、口腔牙齒矯形，甚至是固定眼鏡鏡片的鏡架，都有賴這些記憶合金來製作。

案件 12

消失的試卷答案

農曆年剛過，叔叔一家人要回國度假，會到家裡來住幾天，大家自然是高興得不得了。

這天下午爸爸到機場接了叔叔全家回來，大夥見了面，熱情的擁抱談笑。堂弟明倫長高不少，快上小學了。

晚飯後，嬸嬸催明倫快點去洗澡，才能趕快睡覺。

明倫乖乖拿著換洗的衣服就要走進浴室時，卻突然問：「我的無敵鐵金剛呢？」

「啥？」明雪和明安都一頭霧水，不懂洗澡為什麼要找鐵金剛。

嬸嬸卻笑著說：「有，有帶回臺灣，我就知道你洗澡一定會找鐵金剛。我現在就去拿給你，你先進去泡澡。」接著走進房間，從大行李箱裡找出一個塑膠玩偶。

「瞧，這就是他的無敵鐵金剛。」嬸嬸把塑膠玩偶交給明安看。

原來是個機器人造型的玩偶，頭戴銀色盔甲，身穿黑色緊身衣，腳上穿著藍色長靴，胸前有個紫色的V字形，十分威武。

嬸嬸把無敵鐵金剛送進浴室交給明倫後搖搖頭，笑著說：「這是他從小養成的習慣，每次洗澡都要和無敵鐵金剛一起泡熱水。」

過了二十分鐘，明倫渾身泡得紅通通的從浴室走出來，手裡還緊緊抓著無敵鐵金剛。

明安取笑他說：「洗好了喔？無敵鐵金剛有沒有一起洗乾淨？」

明倫也不以為意，把無敵鐵金剛遞給明安看：「有啊，你看！」

明安接過來一看，發現一件怪事，無敵鐵金剛胸前那個紫色的Ｖ字已經變成藍色。他懷疑自己記錯了，便轉頭看了姊姊一眼。

明雪也發現了：「喔！胸前這個Ｖ字形圖案變色了。」

嬸嬸笑著說：「對啊，那個圖案只要泡到熱水，就會變藍色；等一下冷卻以後，又會變回紫色。所以他才那麼喜歡帶著無敵鐵金剛一起泡熱水澡，他對這個顏色變化的現象很感興趣，還一直說，回國後要問姊姊，看看那是什麼東西做的。」

明倫果真仰著頭等待姊姊的解說。

但明雪搔搔頭，顯得不怎麼有把握：「遇熱變藍色，難道是氯化亞鈷嗎？據我所知氯化亞鈷在低溫時會含有結晶水，呈紅色；一旦遇到高溫，就會失去結晶水，而呈藍色。不過是紅藍之間的變化，而不是紫藍之間的變化，好像不太符合……」

明倫聽姊姊自言自語的說了一些化學藥品的名稱，搖搖頭說：「聽不懂，算了，我要去睡了。」

明倫雖然不再追問，但明雪自己卻感到很困惑，她決定去問爸爸：「明倫，你睡覺不用抱著無敵鐵金剛吧？可以借我一下嗎？」

明倫搖搖頭說：「不用，他睡覺時又不會變色。」

說完明倫就進房去睡覺了，明雪則拿著玩偶到客廳去找爸爸。

爸爸正和叔叔在聊天，聽完明雪的陳述後，把玩偶接過去仔細端詳了好幾分鐘，這時V字型圖案因為冷卻又變回紫色。

明安說：「我去拿一杯熱水和一杯冷水，讓你看看怎麼變色的。」

爸爸笑著說：「是你自己想玩吧？我看這未必是氯化亞鈷，這一類會因溫度而改變顏色的物質通稱為『熱變色著色劑』，種類繁多，包含有機化合物、無機化合物，還有液晶，不但顏色變化各不相同，變色溫度也不相同。無敵鐵金剛這個V字，說不定底色是藍色，再加上紅色的著色劑，所以會呈現紫色。在高溫時，紅色的著色劑漸漸變成無色，所以V字形就呈現底色的藍。」

明安果然拿來了一杯熱水和一杯冷水，把玩偶一下放熱水，一下放冷水，觀察V字的顏色變化，玩得不亦樂乎！

明雪不屑的哼了一聲：「幼稚！」便轉頭過去，繼續請教爸爸，「這些熱變色著色劑除了製造玩具以外，還有沒有別的用途？」

「有啊！」爸爸反問道：「妳還記得在SARS流行期間，每天都要量體溫嗎？後來量到煩了，有些人就乾脆買量體溫用的貼紙來貼在額頭上，這樣一有發燒，貼紙就會變色，方便多了。」

明雪恍然大悟：「原來那就是『熱變色著色劑』製成的啊！」

叔叔一家在臺灣停留了一星期，又匆匆趕回美國去了。明雪的日子恢復正常，第一次段考隨即到來，經過幾天忙碌的準備與應考後，發考卷的日子到了。

今天第一節是數學，也是許多同學擔心害怕的一科。老師一走進教室，大家就發現他的臉色鐵青，一定是大家考得不好，全班嚇得噤若寒蟬，不敢作聲。

老師發完考卷後，更把全班臭罵一頓：「有些同學是不會寫，有些同學會寫，卻又粗心大意，漏掉重要符號或數字，東扣西扣，難怪分數慘不忍睹。」

明雪雖然勉強及格，但自知這樣的成績很不理想，所以專心聽老師講解。老師一題一題詳細解說之餘，不忘糾正同學們的錯誤，尤其是非選擇題，因為是老師親手批改，而非電腦閱卷，所以老師對同學們所犯的重大錯誤都還有印象。

「像這一題，明雪竟然把正弦函數寫成餘弦函數，太離譜了！」

明雪只能慚愧的點點頭，表示認錯，並急忙用紅筆把正確答案訂正在考卷上。

講到非選擇題最後一題時，韻惠突然舉手說：「老師，這一題我明明寫對，您改錯了。」

老師愣了一下後表示：「拿來我看看！」

韻惠把考卷拿到講臺前交給老師，老師盯著考卷看了一陣子：「不可能呀！我在 a 之前用紅筆畫了一個圈，表示妳在 a 之前多寫了一個數，怎麼現在變空白？」

韻惠卻堅持說：「我寫的答案本來就是 c=a-b，a 前面沒有數字啊，您卻扣我分數，害我從六十分變成五十八分。」

老師認為他用紅筆畫了圈的地方就是多出了一個錯誤的數，那是他改考卷一向的習慣，可見當初 a 之前一定有一個錯誤的數。但是韻惠也堅持自己本來就寫對，a前面並沒有數字。

老師厲聲問：「妳有沒有塗改過這個地方？」

「沒有，我書包裡並沒有橡皮擦，而且如果用橡皮擦要把原子筆的筆跡擦掉的話，根本擦不起來，硬要擦掉，考卷會擦破的。」韻惠臉不紅氣不喘的回答。

老師又盯著考卷看，並沒有發現破洞或明顯起毛的現象。

這時候下課鐘聲響起，老師只好拿著考卷，對韻惠說：「妳跟著我到辦公室來一趟。」

老師和韻惠離開教室後，同學們都針對這件事議論紛紛。

惠寧小聲的說：「其實在考前幾天，我看見韻惠買了一支魔擦筆，不知道是不是和這件事有關？」

「什麼叫魔擦筆？」明雪不懂。

奇錚嘲笑她說：「唉唷！妳很土耶，這種魔擦筆寫的時候，和普通的原子筆沒兩樣。只是如果寫錯了，只要用筆末端的塑膠摩擦，就可以使筆跡消失，正因為如此，所以通常會注明不適用於考試及簽署任何文件。」

雅薇苦笑著說：「除非是別具用心的人……」

「我看韻惠在玩，覺得有趣，我也去買了一枝。」惠寧由書包中拿出一枝筆。明雪接過在白紙上畫一條線，再用筆末端的塑膠摩擦，果然筆跡很快就消失了，而且紙面光滑，並沒有留下磨損的痕跡。她又用普通橡皮擦用力擦拭，發現墨水的顏色變淡，但並無法使筆跡消失。接著她用一般的原子筆在旁邊再畫一條線，這次不論用魔擦筆末端或普通橡皮擦都擦不掉了。

明雪想了一下，說聲：「對不起，我去辦公室一下。」說完拔腿就跑，留下惠寧等人錯愕的望著她奔跑的背影，不知道她葫蘆裡賣的是什麼藥。

明雪氣喘吁吁的跑進辦公室，發現裡面並沒有其他老師，只有數學老師和韻惠兩人，而且針對有沒有塗改答案，仍然爭論不休。

明雪喘著氣對老師報告說：「老師，我有幾句話要私底下對韻惠說一下，請妳把考卷和冰箱也借我一下。」

數學老師懷疑的問：「妳究竟要做什麼？」

明雪說：「老師，請相信我，我想解開這個僵局。」

老師無奈的點點頭。

得到老師的同意後，明雪把韻惠的考卷放進冰箱的冷凍庫裡，並把韻惠拉到辦公室外。

韻惠顯得很不高興：「妳為什麼把我的考卷放進冰箱？」

明雪低聲問她說：「說老實話，妳是不是用魔擦筆寫考卷的？」

韻惠愣了一下，但仍堅持說：「胡說！妳有什麼證據？」

明雪連勸了好幾分鐘，見韻惠死不認錯，只好走進辦公室，把考卷由冷凍庫裡取出來，交給韻惠說：「妳自己看。」

老師用紅筆圈起來的地方，原本是空白，現在卻浮現出一個淡淡的「2」。

韻惠慌了手腳：「為什麼會這樣？」

明雪說：「一開始我當然是猜的啦！我聽惠寧說，妳在考前買了魔擦筆。我剛剛試了一下，我覺得魔擦筆的墨水是『熱變色著色劑』。當我們用塑膠摩擦時，因摩擦生熱，使得墨水顏色消失。因為妳不肯承認，我只好利用冷凍庫的低溫讓筆跡重新浮現。嗯……如果妳有興趣的話，也可以用電熨斗或吹風機加熱一下整張考卷，讓筆跡全部消失，看看應該打幾分？」

韻惠臉上一陣青一陣白，喃喃的說：「明雪，妳別害我……」

妳自己看。
c=2a-b
為什麼會這樣？
我聽惠寧說，妳在考前買了魔擦筆。
我剛剛試了一下，我覺得魔擦筆的墨水是「熱變色著色劑」……
用塑膠摩擦時，因摩擦生熱，使得墨水顏色消失。
利用冷凍庫的低溫，可讓筆跡重新浮現。
58

「那妳就快點認錯啊！」這時耳邊突然響起低沉的男聲，把兩人嚇了一跳，回頭一看，原來是化學老師。

「妳們忘了第二節是化學課了嗎？我到教室要發考卷，發現妳們兩人都不在，追問之下，同學們才告訴我數學課發生的事。我正要來幫數學老師的忙，沒想到恰巧聽到你們的對話。沒錯，魔擦筆中的墨水就是『熱變色著色劑』，在 65 °C 以上會變無色，在 -20 °C 時又會變回原來的顏色。韻惠，妳還是自己向數學老師認錯吧！否則除了這張考卷算 0 分之外，依照校規恐怕還得記過處分。」

韻惠這才痛哭失聲：「我因為不小心多寫一個 2，從及格變成不及格，一時著急，才會塗改答案。」

化學老師進一步追問：「妳如果不是一開始就居心不良？那怎麼會選用魔擦筆作答？」

韻惠搖頭哭著說：「不是，我用魔擦筆作答只是為了答題過程修改答案比較方便而已。」

韻惠終於鼓起勇氣向數學老師認錯，老師也從寬發落，只把她這張考卷依零分計算，當作小小的懲罰而已，沒有送學務處記過。

在回教室的路上，明雪問韻惠：「妳會怪我嗎？」

韻惠搖搖頭：「不會，是我自己一時糊塗，做了不對的事。就算妳不說，化學老師也會揭穿我的，這件事讓我學到一個教訓：若要人不知，除非己莫為。」

科學破案百科

某些物質會因為溫度改變而造成顏色改變，這種現象稱為熱變色。熱變色現象在日常生活中的用途很多，例如嬰兒奶瓶的外壁若能塗上熱變色著色劑，就可以知道會不會太燙，母親可以等瓶子呈現低溫顏色時再餵食，嬰兒就不會燙傷了。

最常見的兩種熱變色著色劑是液晶和隱色染料。

液晶就是介於液體與晶體之間的狀態，變色溫度精準，但其變色選擇性不多。高溫時它的分子排列像液體一樣混亂，在低溫時，又會變得像晶體一樣整齊。溫度不同，造成液晶分子排列情形及分子間距離不同，對特定波長的反射情形也不同，就會呈現不同的顏色。熱變色液晶可應用於心情戒指、電池測電條及體溫貼紙等。液晶的熱變色屬於物理變化。

隱色染料是以兩種型式存在的化合物，其中一種型式是無色，另一種形式是有色（化學所說有色通常指彩色）。隱色染料的變色範圍不精準，但有很多種顏色變化可供選擇。熱變色著色劑往往是由隱色染料與顯色劑混合而成，兩者之間用膠囊隔開。當受熱時，膠囊破裂，隱色染料與顯色劑反應，使隱色染料改變顏色。隱色染料的熱變色屬於化學變化。

案件13

追緝製毒惡「磷」

星期三下午，明雪放學回家時，發現門口停了一部警車，正感到奇怪。走進客廳，發現擔任刑警的李雄叔叔和爸爸正泡著茶談話，更加意外。

「李叔叔，你怎麼有空？」每次見到李雄時，都見他忙得暈頭轉向，很難想像他有空來找爸爸聊天。

李雄苦笑道：「哎呀！我不是來聊八卦的啦！因為公事上的需要，所以來向妳爸爸請教。」

李雄叔叔的公事應該就是刑案，這下子明雪的興致全來了，書包一放，就坐下來聽。

李雄知道明雪對偵探工作特別感興趣，所以不以為意，繼續談他最近工作上的麻煩。

「調查局最近給了我們一項情報，說是冰毒之王許國偉，可能潛入我們的轄區……」

「冰毒？加了毒藥的冰嗎？」明雪很困惑。

「不是啦！」爸爸差點把嘴裡的茶噴出來，他搖搖頭，心想明雪雖然是個厲害的小偵探，但是畢竟是孩子，對這些不法分子慣用的黑話，似乎完全不懂。

「冰毒是指『甲基安非他命』的鹽酸鹽或硫酸鹽。因為是純白色晶體，晶瑩剔透，外表看起來像冰，所以俗稱為冰毒或冰塊。」

李雄在一旁補充說明：「甲基安非他命在我國屬第二級毒品。製造、運輸、販賣第二級毒品，可處無期徒刑或十年以上有期徒刑，得併科新臺幣一千五百萬元以下罰金。」

明雪吐了吐舌頭：「好重的罪呀！」

李雄說：「這個許國偉本來是國立大學的化工碩士，沒想到他利慾薰心，利用專業知識製造冰毒，由於做出來的冰毒純度高，產量大，竟然成為國內最大的冰毒供應商，在黑道中號稱冰毒之王。半年前，他在高雄的地下工廠被調查局破獲，手下被捕，只有他狡猾的逃走了。調查局的情報顯示他跑到我們轄區另起爐灶，打算東山再起，所以調查局就請我們幫忙調查。可是因為這類非法製毒工廠大都會偽裝成住宅或其他產業的工廠，要識破不容易，所以我特地來請教妳爸爸這位化學老師，看看製造冰毒的工廠有哪些特徵，這樣查起來才有頭緒。要是我們自己查不出來，到時候被調查局的探員在我們轄區中查出冰毒工廠，那多沒面子呀！」

「製造甲基安非他命的方法很多，最簡單的方法就是用麻黃素為原料，然後用氫碘酸把它還原成甲基安非他命⋯⋯」爸爸滔滔不絕的上起化學課。

李雄表情痛苦的喊停：「夠了，義志兄，你愈說我的頭愈痛，你不要告訴我那麼多專業名詞，只要告訴我製造冰毒的地下工廠有哪些特徵就可以了。」

爸爸想了一想，歸納出幾個重點，用最簡明扼要的方法說出來：「麻黃素可以治療氣喘、支氣管炎，也是某些減肥藥的主要成分，歹徒可能會以大量成藥作為麻黃素的來源，所以如果某個住戶或工廠的垃圾中大量出現同一種成藥的包裝，就很可疑。另外，氫碘酸是最強的酸之一，所以如果某間房子飄出酸味，也值得注意。」

「我先根據這兩個特點對轄區內的房屋做調查，希望能有斬獲。」李雄急忙拿出筆記本，記下這兩個特徵。

這時，李雄的手機響起來，他接聽之後，立刻向爸爸告辭：「有一名婦女到警局報案，說她的小孩從中午放學後，到現在還沒回家。我覺得現在的小孩有的只是躲到網咖打電玩，暫時不想回家，家長可能太大驚小怪了，其實這種情形，大多再等個幾小時，等小孩玩累了就會回家。不過既然這位母親到警局要求協尋，局裡的同仁要求我回去偵辦這個案子，我現在要趕回去了。對了！失蹤的那位小朋友就是明安他們學校的同學，叫林大顯。」

明雪驚叫道：「林大顯？那是明安的同班同學呀！」

爸爸說：「明安今天只上半天課，下午打完球就回來了，大概打球太累，現在還在房間裡睡午覺呢！明雪你去叫他出來，看看他知不知道林大顯可能到哪裡去。」

明雪依言進房去把明安叫醒，明安睡眼惺忪的走出房間，向李雄問好後，聽說林大顯失蹤，十分震驚：「大顯今天下午是和我們一起打棒球的呀，他從來不上網咖，每天都準時回家。」

李雄點點頭，體認到可能真的出事了：「難怪他母親會這麼擔心，你們幾點離開學校？」

「我們不是在學校操場打球的啦！今天學校只上半天，所以很多人都要打棒球，學校操場和公園都有其他隊在比賽。我們只好到公園旁的空地去打球。」

「你們打到幾點才分手？」李雄問。

「比賽進行到第三局時，我打了一支全壘打，球飛進空地旁一間工廠裡去，工廠門口剛好站著一個工人，他進去幫我把球撿出來，但是凶巴巴的叫我們不要在那邊打球，否則球再飛進去工廠，就不還我們了。因為被那個工人臭罵了一頓，心情不好，我就帶著球回家了，其他人仍然留在那裡繼續打球。我離開時是下午一點半，他們就算繼續打完六局，大約也會在兩點半左右離開，現在五點鐘了，大顯還沒到家，的確不尋常。」

李雄向明安要資料：「和你們一起打球的有哪些同學，你有沒有他們的電話？我必須一個一個問，才能確定大顯是幾點離開球場，有沒有告訴同學說他要到哪裡去。」

明安看了爸爸一眼：「我們老師說，現在有了個人資料保護法，我們不能隨便把同學的資料給別人。」

爸爸點點頭說：「李叔叔是為了辦案而蒐集資料，依法可以不受限制，同學也會諒解。不過如果你擔心的話，由你負責聯絡同學，幫李叔叔問話也可以。」

這等於是讓他參與辦案，明安真是求之不得，立即跑進房間拿班級通訊錄。

明雪也跟著進到他的房間，看到明安在書桌上堆積如山的物品中翻找資料，不禁責備他：「平常教你把桌面整理乾淨都不聽，現在要找東西可麻煩了！」邊說就邊動手幫他整理桌面，只見他的棒球手套扔在書桌上，而且球還在手套裡。她把手套拿起來，想放到架子上。就在這時候，她突然靈光一閃。

「球和手套借我一下。」她對弟弟說。

明安終於找到通訊錄了，隨口答應了明雪的要求，就跑到客廳，把通訊錄交給李雄：「今天下午和我們一起打球的有……」

李雄說：「你幫我一個一個打電話問，看看在你離開之後，他們又打了多久的球？幾點鐘離開？最後看到大顯的人是誰？」

明雪不理會客廳裡的對話，她小心翼翼的把手套和球拿到自己的書桌上，然後戴上橡皮手套，取出手套裡的球，仔細觀察。

她發現在白色的球上，除了黃土之外，還看到一些暗紅色的粉末。

她用棉花棒沾了一些暗紅色粉末，走到客廳，拿給爸爸看：「爸，你覺得這些粉末可能是什麼物質？」

爸爸仔細觀察那些粉末之後，要明雪去拿火柴盒來。

明雪到神明桌的抽屜裡拿，因為家裡沒有人抽菸，唯一需要點火的時機，只

明安，球和手套借我一下。
喔。
通訊錄找到了！
喔～～～
爸，你覺得這些粉末可能是什麼物質？

有拜拜時要點線香。爸爸並不伸手接火柴盒，反倒是把棉花棒放在火柴盒側面，要求明雪比較。

「妳覺得這兩者的顏色像不像？」

明雪比對了之後，瞪大了眼睛：「你是說……這是紅磷？」

爸爸點點頭：「嗯，如果沒錯的話，這家工廠可能……」

這時候門鈴響了，明安的同學陳政宜走了進來。

明雪問：「這是怎麼回事？」

明安解釋道：「我打電話問同學，結果政宜說他是最後和大顯分手的人，反正他家離我們家很近，乾脆請他到家裡來，直接說給叔叔聽。」

政宜接下去說：「明安走了以後，我們繼續打球，過了一會兒，大顯又把球打進工廠圍牆裡。我們在門外叫了很久，都沒有人理，只好解散，各自回家，因為明安把第一顆球帶回家，後來飛進去的球是我的，我臨走前跟大顯講，球是他打進去的，要求他要買一顆賠我。我走的時候，大顯還待在工廠圍牆外不肯走。」

爸爸對明安和政宜說：「你們想想看，那家工廠有沒有什麼特殊的氣味？」

兩人都說：「有一股刺鼻的酸味。」

爸爸對李雄說：「說不定這就是你要找的冰毒工廠。」

李雄皺著眉說：「光憑酸味就下這個判定，這也太武斷了吧！很多工廠都有酸味的啊！」

爸爸把手中的棉花棒交給李雄：「這枝棉花棒上的粉末交給張倩化驗看看，如果真的是紅磷的話，大顯就有危險了。你聽政宜描述的經過，大顯有沒有可能因為擔心賠不起那顆棒球的錢，因而冒險爬入工廠圍牆？如果因此撞見製毒過程，歹徒恐怕不會放過他。」

明雪覺得爸爸的顧慮很有道理，便自告奮勇說：「李叔叔你快到工廠救大顯，我送棉花棒到張阿姨的實驗室去。」

「我先到工廠拜訪，這樣歹徒就沒有機會加害大顯，你們化驗的結果，請張倩立即傳簡訊給我。」李雄接著又對明安說，「你帶路，我們馬上到工廠去。」

明雪用塑膠袋裝好棉花棒，立刻出門招計程車，直奔鑑識科。

而明安則搭上李雄的警車，趕往工廠。

李雄用車上的無線電，呼叫副手林警官率領其他警員到工廠外待命後，告訴明安：「雖然這家工廠可能是犯罪場所，但是在我們沒有證據之前，千萬不能胡亂指控，也不能輕舉妄動。萬一真的是冰毒工廠，歹徒可能會反抗，等一下你帶我到門口後，你就回到車上別進去，才不會遭遇危險。」

明安點點頭，表示了解。

依明安指示的路線，警車開到了工廠門口，李雄下車按了門鈴，裡面明明燈火通明，但無人應門。這時候，支援的警力也已經趕到，李雄下令林警官率領部分警員繞到後門包圍。

另一方面，張倩在實驗室裡，把棉花棒上的粉末抖落到一根玻璃管裡，然後放入儀器中測量，沒多久，就說：「是紅磷沒錯！」

等張倩把檢驗結果傳給李雄後，明雪好奇的問：「為什麼製冰毒會和紅磷扯上關係呢？我爸爸說一般製毒的人是用麻黃素為原料，然後用氫碘酸把它還原成甲基安非他命，沒提到紅磷啊！可是他一發現明安的棒球上沾了類似紅磷的粉末，立刻就推測可能與冰毒有關。剛才時間匆忙，我還沒問他原因呢！」

張倩請明雪坐下，為她詳細解說：「歹徒私設冰毒工廠時，往往利用碘與紅磷為原料，製造氫碘酸，所以這兩種物質也是地下冰毒工廠的特徵。」

一個小時之後，明安跑進實驗室來，興奮的大叫：「姊，我們把大顯救出來了，歹徒也被抓起來了，現在李雄叔叔正在問口供。」

原來，當李雄收到張倩的簡訊，正準備攻堅時，部分歹徒挾持大顯想從後門逃走，被林警官攔住，雙方發生打鬥。

李雄聽到後門有情況，立即由正面破門而入，發現許國偉正在破壞製毒設備，意圖湮滅證據，當場予以逮捕。

明安愈講愈高興：「姊，太可惜了，妳都沒看到李叔叔制伏歹徒的經過，我在車上看得一清二楚，比警匪片還精采呢！」

明雪也不甘示弱：「我在這裡看張阿姨做實驗也很精采啊！而且還學到很多化學知識呢！」

明安搖搖頭說：「我一點都不羨慕。」

這時候，李雄走進實驗室說：「大顯已經由他媽媽接回去了，冰毒大王許國偉和他的黨羽全都認罪。我現在載你們兩個回家吧！順便要謝謝你爸爸。冰毒工廠裡的情形果真和他說的一樣，除了酸味撲鼻外，垃圾桶裡全是支氣管炎的成藥包裝盒。我們每個人如果多注意社區裡是不是有什麼異常的情形，或許冰毒工廠就無法在社區裡隱藏了。」

明安點點頭說：「嗯，社區裡躲藏了這種壞蛋，如果沒有即時破獲的話，大家日常起居都不安全啊！」

科學破案百科

甲基安非他命，又稱冰毒，代表品種為甲基苯丙胺，提純製成的甲基安非他命。它的鹽酸鹽或硫酸鹽結晶呈白色或無色結晶或粉末，是一種人工合成的興奮劑。它的副作用包括厭食、過度亢奮、瞳孔放大、皮膚潮紅、大量排汗、口乾舌燥、頭痛、呼吸急促、血壓不穩等。更糟糕的是有成癮性及毒性，在我國被列為第二級毒品。

麻黃素也是一種危險的藥物。中藥以麻黃治療氣喘及支氣管炎已有數百年的歷史，但副作用很多，包含心跳過快、皮膚潮紅、噁心。因為化學結構與甲基安非他命很像，所以歹徒常以含麻黃素的藥物為原料，製造甲基安非他命。

案件14 「金」爆危機

今天的最後一堂課是歷史課，課程內容正好講到火藥的發明。

老師滔滔不絕的說道：「火藥是中國人發明的，是煉丹士想煉製長生不老藥時，不小心發現的。當蒙古人入侵時，宋朝的軍人便用火藥製成武器，對抗蒙古人。當時所用的火藥，又稱為黑火藥，是由硫黃、木炭及硝石製成的。蒙古人消滅宋朝後，建立元朝。又用火藥製成的武器攻打日本、中東及歐洲。火藥的技術因此傳播到中東及歐洲……」

這時奇錚突然舉手問：「為什麼叫黑火藥，有其他顏色的火藥嗎？」

歷史老師愣了一下才說：「這些問題去問化學老師。」

下課後，明雪走到奇錚面前，揶揄他說：「如果你拿這些問題去問化學老師，鐵定被罵，說不定還扣你分數。」

奇錚問：「為什麼？」

「木炭是什麼顏色？」

奇錚說：「黑色的啊！」

「那黑火藥名稱怎麼來的還不清楚嗎？」明雪笑著說。

「可是還有黃色的硫和那個什麼色的硝石？」

「硝石就是白色的硝酸鉀啦，你連這個都忘記，當然會被老師罵。」

「既然有黃色的硫，為什麼不叫黃火藥？」奇錚依然不服氣。

「因為木炭的顏色最深，把其他兩種成分的顏色壓過去了嘛！何況黃色炸藥是另一種化合物三硝基甲苯的俗稱，要到十九世紀才被發明出來。這是兩種完全不同的炸藥好嗎？」

奇錚撇了撇嘴，不屑的說：「哼！誰像妳把各種炸藥記得那麼詳細！」

回到家中，正好趕上晚餐時間，一家人圍著吃飯，聊起今天各人發生的事。明雪便把最後一堂歷史課發生的事，說給大家聽。

爸爸聽完之後說：「有時候學生如果一直追問火藥的事，也不免令我提高警覺。我記得有一個學生，雖然不是我班上的學生，不過是我們學校的學生。他當時一心想做炸彈，向他的理化老師請教火藥製作的方法，老師不肯教他製造的細節。結果他竟然照書上所寫的材料，自己到化工材料行購買原料，就在他們家的頂樓組裝，結果不小心發生爆炸，把自己的兩隻手指頭炸斷了。」

「哇，好慘喔！」餐桌上的每個人都發出嘆息聲。

媽媽抱怨說：「吃飯的時候，怎麼談這個呢？好啦，大家都吃飽了吧，要談到客廳談，明雪把冰箱裡洗好的葡萄拿出來給大家吃。」於是一家人轉移陣地，到客廳聊天。

明安對剛才談的話題仍然不肯放棄：「爸，他的手後來有沒有醫好？」

「當然沒有，聽說小指和無名指都炸碎了，怎麼醫？醫生只能幫他止血，防止發炎而已。」

明安吐吐舌頭：「火藥好可怕喔！」

明雪乘機告誡弟弟說：「沒有老師指導，就冒險進行危險實驗，才會發生這麼可怕的後果。」

明雪問：「你還記得他是用什麼火藥進行試爆嗎？」

「就是最簡單的黑火藥啊！」

「那種古老的配方，威力應該不會很大吧？」明雪表示懷疑。

「妳可千萬不可對它掉以輕心，現在很多爆竹或煙火，仍然使用黑火藥，通常用於慶典。大家以為它沒有什麼殺傷力，其實不然。像二〇一三年波士頓馬拉松爆炸案，事後調查發現，歹徒是用商店裡買回來的煙火，取出其中火藥後，再裝置成炸彈。可見他們用的火藥仍然是黑火藥或同類的火藥，但是威力強大，造成很大的傷害。」

這時候突然一聲巨響，房子也跟著一陣搖晃。家人面面相覷，不知發生了什麼事。不久之後，聽到救護車及警車嗚笛呼嘯而過。家人不免有點焦躁，打開窗戶往街上瞧，又沒有什麼異狀。

媽媽擔心的說：「聽那聲音，好像爆炸，會不會我們這個社區也像高雄及新店一樣發生氣爆？」

爸爸說：「打開電視看看有沒有報導？」

眼尖的明安指著畫面下方的跑馬燈：「你們看，跑馬燈說，我們這一區某棟商業大樓發生爆炸，有一人受傷送醫，警方正在調查。」

明雪說：「我想打電話問李雄叔叔或張倩阿姨，看看是怎麼回事。」

媽媽急忙制止：「我們這一區發生爆炸，他們兩個人一定忙壞了，這時候打電話去，直接干擾他們辦案，豈不是比看熱鬧的人還可惡？」

明雪雖然很想知道案情，但是媽媽說的有理，她只好乖乖回房寫功課。

第二天早上，她翻閱報紙上的地方版，只知受傷的人是一位姓廖的女律師，案發當時，她收到一個包裹，不久就發生爆炸。警方正在追查遞送炸彈的歹徒，但目前仍無線索。

這一整天上課，明雪如坐針氈，好不容易熬到放學，她恨不得立刻一溜煙跑到警局鑑識科找張倩，不過就在她走出校門時，手機發出來電鈴聲，一看正是張倩打來的。

張倩在電話裡笑著說：「我很納悶，爆炸案發生後隔了將近二十小時了，妳怎麼沒有打電話來？」

明雪扮了個鬼臉說：「沒辦法，昨天媽媽不准我打。我現在正要趕到妳那兒去呢！」

張倩說：「妳不用來了，我正要到府上，這個案子有牽涉到一些化學問題，我想找令尊討論一下。」

「太好了，我馬上回家。」於是明雪三步當兩步走，急忙趕回家。

一到家，爸爸、李雄和張倩已經坐在客廳中談話了，明安也樂得在一旁大啖茶几上的點心。明雪打過招呼後，坐在一旁聆聽。

李雄正在說明歹徒犯案的經過：「歹徒是在鋼管中放了火藥，然後放在包裹裡送交廖律師，接著歹徒以搖控的方式引爆火藥，將她炸傷。」

張倩道：「今天來是要請你提供化學方面的專業見解。我們鑑識科首先要弄清楚火藥的種類。除非是軍方或礦業的人，才會使用黃色炸藥。一般人不容易取得這種炸藥，所以通常會從爆竹中取出黑火藥，再製成炸彈。我們取了本案炸碎的碎片，經檢視，並沒有殘餘火藥，用水溶液清洗碎片及爆炸後殘餘粉末，分析其中所含離子，結果發現不含硫。」

爸爸驚訝的說：「不含硫？那就不是黑火藥了。」

張倩點點頭：「我們懷疑歹徒使用的是黑火藥的替代品。」

明雪好奇的問：「為什麼需要用替代品？」

張倩說：「因為黑火藥安定性差，威力也不夠，所以有人發明了許多種替代品。最常見的就是用有機酸作為燃料，替代原有的木炭和硫。我們懷疑這起爆炸案也是用這類黑火藥替代品，只是不知道是用哪種有機酸作為燃料。」

爸爸伸手向張倩要資料：「我可以看一看分析的數據嗎？」

張倩把報表交給爸爸。

「產物有蘇糖酸、二酮古洛糖酸及草酸……」爸爸喃喃的念了一串明雪聽不懂的化合物名稱，然後沉思了好一會兒，抬起頭對張倩說：「由這些產物看來，燃料可能是抗壞血酸……」

「抗壞血酸？那不就是維生素C嗎？那是營養素，怎麼可以做火藥？」明雪驚訝的問。

爸爸耐心的為她解釋：「藥廠宣傳維生素C的保健功能，不是都說它是抗氧化劑嗎？換句話說，在氧化還原反應中，它是扮演還原劑的角色，對不對？」

明雪點點頭。

「爆炸就是快速的燃燒，其中燃料是扮演什麼角色？」

明雪毫不遲疑的回答：「還原劑。」

爸爸點頭微笑不語，明雪忽然就懂了：「維生素C在爆炸時，以及在人體內，扮演的角色都是還原劑，只是爆炸速率快得多。」

爸爸笑著說：「完全答對了。」

明安不耐煩聽這些艱深的化學知識，便問李雄：「叔叔，要破案一定要懂那麼多化學嗎？不能靠包裹上留下的指紋追查歹徒身分嗎？」

張倩搖搖頭說：「找不到指紋。」

李雄說：「因為歹徒戴了手套，電梯裡的監視器有錄到歹徒送包裹的身影，來，我播給你們看。」

李雄從手提電腦中，播放錄影的檔案給大家看。歹徒一身藍帽藍衣，打扮成快遞人員，但戴著口罩，不容易辨識面貌。而且歹徒雙手果然戴著白色棉布手套，捧著包裹。

明安卻大叫一聲：「咦？叔叔，停格，你們看他的左手。」

李雄急忙按暫停鍵，把畫面停住，然後放大局部特寫，仔細觀察歹徒左手。雖然經放大後，畫面不是很清楚，但仍可感覺歹徒的左手手套在無名指及小指的部位不太正常，似乎是枯癟下垂的。

爸爸驚訝的說：「明安，你的觀察力真強，這個人是不是沒有左手的無名指及小指？我的天，難道是……」

李雄急忙問：「是誰？」

爸爸便把多年前試爆的那名學生，因事故炸斷兩隻手指的事簡單描述一次。

於是李雄用電話與警局裡的同事聯絡，不久後，資料就傳進他的手提電腦。

「嗯，那個學生叫楊建洲，當年爆炸的公寓在新崎路……唉，那就對了，因為廖律師的辦公室雖然在這附近，但住家在新崎路。而且當年鼓動住戶求償的就是廖律師。犯罪動機也有了，嫌犯就是報復當年廖律師的求償行動，造成楊家傾家蕩產，還被迫搬家。」

李雄關上筆記型電腦，站了起來：「有了姓名，就可以查出嫌犯現在的住處，我要去逮人了。」

明雪和明安請求爸爸讓他們跟著去。

爸爸說：「現場可能有歹徒使用的爆裂物，太危險。」

張倩說：「我會等確認現場安全後，才讓他們進來。這次能由嫌犯斷指特徵認出他的身分，都是明安的功勞，應該讓他去看看。」

由於張倩的求情，爸爸終於答應讓他們跟著警車到現場去。

李雄在警車上就用無線電向檢察官申請搜索票，由於爆炸犯太危險，檢察官很快就批准，同時局裡另一批警員也已趕往現場包圍。

明雪和明安坐在警車裡，看著幾名壯碩的警員踢開大門，衝進去搜索。幾分鐘後，李雄出來請張倩進去蒐證。

張倩對明雪和明安說：「跟著我來吧！」

他們三人進到屋內，看到許多警員翻箱倒櫃在搜索證物。

李雄指著桌上一堆瓶瓶罐罐及研鉢等化學器材：「看來這傢伙仍然沉迷於火藥的研究，你們看看是不是這次爆炸用的火藥。」

張倩拿出其中兩個瓶子看了看之後說：「你爸爸猜的沒錯，其中一種原料是維生素C。」她把兩瓶原料用塑膠袋封好，放入證物箱裡。

接著她又看看研缽裡混合好的成品，是金黃色粉末：「嗯，一種白色原料，一種淡黃色原料，做好的成品就是這種金色火藥了。組長，鐵證如山，我敢說這次爆炸案就是楊建洲做的。」

這時候，有位警員由抽屜中找到一本筆記本，立刻大聲報告：「組長，你該看看這本筆記，裡面有許多人的姓名和住址，其中有廖律師和林警官的。」

林警官先接過去看了以後，大驚失色：「組長，這裡面全是當初對楊家求償的住戶名單，其中有些人已經搬家，楊建洲也都調查出每個人的工作地點及住址。」

李雄也很緊張：「天啊，這傢伙打算對所有當年那件案子中對他不利的人全都進行報復，廖律師只是第一個受害者而已。他現在說不定正準備加害第二個人。立刻通知各轄區警員前往保護被害人。同時把楊建洲的照片公布出去，見有裝扮成快遞人員運送包裹者，立刻攔下盤查，務必要抓到這個傢伙。」

科學破案百科

抗壞血酸就是維生素 C，是天然的抗氧化劑。純的維生素 C 是白色固體，但常因氧化或含有雜質，而呈淡黃色。維生素 C 溶於水會呈現酸性，而且人體如果缺少維生素 C，就會得到壞血病。你現在知道它的名字是怎麼來的吧？

維生素 C 經反應後，會降解生成二酮古洛糖酸，然後再分解成為蘇糖酸及草酸。所以如果用維生素作為火藥，主要產物當然是二氧化碳和水，但是爆炸發生在極短時間，必然不可能完全反應，所以在產物中就會找到這些酸。

案件15

還原與催化之證

星期六早上，明安到公園打完棒球後正要回家。過馬路時，左方突然有一輛銀色跑車疾駛而來，差點擦撞到他，卻沒有減速，就繼續往前開。

明安被汽車捲起的氣流吹得踉踉蹌蹌，差點站不穩腳步，抬頭看了一下對街的紅綠燈，明明自己這個方向是綠燈啊！對方怎麼可以闖紅燈？

他不禁抱怨道：「不守交通規則的冒失鬼！撞到人怎麼辦？」

回到家中，見到家人正聚在客廳，看電視播映的新聞快報，他便湊到姊姊身邊問：「發生什麼事？」

明雪說：「有人越獄了。一名犯人逃出監獄，駕車……」

媽媽揮手制止他們講話：「別只顧著說話，現在要播放監獄四周監視器拍到的畫面了。」

明雪和明安都閉上嘴，轉而專心的觀看電視播出的畫面，只見一名體型略胖的男子，沿著監獄圍牆奔跑，跑到一輛停在路邊的跑車旁，迅速打開左側車門，坐了進去，隨即發動汽車，揚長而去。

後面有兩名警察追趕，其中一人拔槍，向車子的後擋風玻璃射擊，但車子仍然加速往前衝，迅速駛出監視器的畫面之外。

「你們看！犯人跑到車旁，毫不遲疑的拉開車門，迅速發動車子開走，但他怎麼知道那輛車沒有鎖？而且，他似乎沒花時間開鎖，就直接開走，說不定鑰匙就插在車上！這分明是計畫周詳的越獄行動，那輛車一定是同夥事先放在那裡的。」明雪頭頭是道的分析。

明安點點頭，表示同意，沉吟半刻之後，他問：「越獄發生在幾點鐘？犯人又是從哪個監獄逃出來的？」

「案子是今天早上發生的，這是新聞快報啦！」爸爸已經看過完整的新聞報導，就詳細描述了案發時間和地點，並問：「怎麼啦？」

明安說：「我剛才在回家的路上，差點被一輛闖紅燈的 I 牌銀色跑車撞到，那輛車和電視上出現的車子是同一款的。從時間和距離來算，那輛跑車如果離開監獄後，一路往西開，現在差不多就跑到我們這一區，不知道是不是同一輛？」

明雪不禁搖頭苦笑，弟弟從小就愛看汽車型錄，對各種廠牌的汽車瞭如指掌，才能瞄一眼就記住車款。這件事如果發生在自己身上，恐怕完全分辨不出是哪一個廠牌的車。

媽媽說：「那你趕快打電話告訴李雄叔叔，這個訊息對警方一定很有幫助。」

明安於是撥電話給李雄，除了描述車款及目擊地點之外，他甚至連對方的車牌號碼都記得：「不知道犯人開的是不是這輛車？」

李雄聽了很高興：「哇！太好了，犯人開走的就是這輛車。我們正想調閱沿途的路邊監視器，找出犯人的逃亡路線，你提供的訊息讓我們知道了他是往西開，我們只要從你目擊的地點開始找起就可以了，節省很多時間！我會通知附近的警員，注意這輛車是不是在轄區出現。謝謝你！」

這時媽媽關上電視，宣布開飯：「吃午餐了！下午要到舅舅家。」

舅媽去年生了一個小男孩，名叫智凱，現在已經一歲七個月，非常可愛，媽媽有時候會買些衣服或甜點給他，順便和姨婆、舅舅聊天。明雪和明安也喜歡和智凱玩。

今天下午約好要一起去舅舅家，所以吃過午飯後，一家人就準備要出門，忽然間，電話卻響了。明安一個箭步跑過去接聽，是鑑識專家張倩打來的。

「明安呀，是李組長要我打給你的。因為你提供的線索，讓警方迅速掌握犯人的脫逃路線，我們在附近加強巡邏的結果，發現這輛車棄置在你們這一區的路邊，但是犯人不在車中。我現在要趕過去蒐證，因為你對偵探工作很感興趣，李組長要我通知你，為了獎勵你，可以讓你到現場看我蒐證，你姊姊也可以一起來喲！你們有空嗎？」

明安連忙說：「有空！有空！當然有空！張倩阿姨，妳告訴我犯人的車停在哪裡，我們馬上過去。」

媽媽在一旁聽出是怎麼回事，皺著眉說：「什麼有空？不是說好要到舅舅家嗎？爸爸已經到停車場開車了呀！你們要放他鴿子嗎？」

明安這才想起和媽媽約好要出門的事，他搔著頭苦笑，不知如何是好，因為他真的很想看刑事現場蒐證。

明雪急忙出來打圓場（其實她也很想看刑事案件的蒐證工作）：「媽，既然那輛車就在附近，我和弟弟去看一下，然後自己搭捷運到舅舅家和你們會合，好不好？」

媽媽只好無奈的答應了。

姊弟倆走到張倩所說的地點，現場已拉起封鎖線。由於張倩交代過，所以維持秩序的警員就讓他們進入封鎖區。

那輛銀色跑車停在路邊，後擋風玻璃破了一個洞，四扇車門全打開，張倩正蹲在車子旁邊工作。她看到姊弟兩人，就為他們解釋現場的情況。

「你們看，車子後擋風玻璃有破洞，可能是當時追出來的警員開槍擊中的。」

接著，她用鑷子從駕駛座底下，夾起一枚彈頭：「這枚彈頭確實是警用槍的子彈，不過車子裡和彈頭上都沒有找到血跡，不知道是否擊中犯人。我現在必須做個簡單的試驗。」

明安問道：「車號吻合，不就證明犯人確實開了這輛車嗎？有必要知道他是否中彈嗎？」

張倩用一支棉花棒在彈頭上擦拭了一圈，一邊工作，一邊解釋：「如果犯人中了槍，那他很可能是失血過多，體力不濟，只好棄車逃逸，我們就會通知附近的醫院，注意槍傷求診的病患。如果犯人沒有中槍，那他在這裡棄車，可能是附近有接應的人，或是藏匿地點就在附近。總之，若能正確知道犯人是否中槍，會使追捕方向更加精確。」

接著，她將一種淡黃色的液體滴在棉花上，再滴入一種無色液體，卻沒有發生任何變化。張倩嘆了一口氣說：「子彈上沒有血跡，可見只打中車子，沒有打中犯人。」

明雪對張倩用來檢驗的藥品比較有興趣：「阿姨，請問這種淡黃色的藥品是什麼？」

張倩愣了一下：「這是酚酞，妳應該很熟呀！」

明雪露出不可思議的表情：「酚酞？課本上說，它在酸性溶液裡呈無色，鹼性溶液中呈紅色，我從來沒看過淡黃色的。」

張倩笑了笑：「喔！對啦，準確來說——這應該叫『還原酚酞』。它是普通的酚酞在沸騰的鹼性溶液中，與鋅粉一起反應而生成的。酚酞被鋅還原之後，就變成黃色的還原態。」

明雪拿起另一瓶無色溶液，發現瓶上寫的是「過氧化氫」，也就是一般人所說的「雙氧水」。她的腦筋轉呀轉，企圖解釋這兩種藥品能檢驗血跡的原理。

「我猜，血液裡的血紅素作用就像過氧化氫酶，會催化雙氧水變成水的反

車號吻合，不就證明犯人確實開了這輛車嗎？
有必要知道他是否中彈嗎？
如果犯人中了槍，那他很可能是失血過多，體力不繼，只好棄車逃逸，
我們就會通知附近的醫院，注意槍傷求診的病患。
如果犯人沒有中槍，那他在這裡棄車，可能是附近有接應的人，或是藏匿地點就在附近。
學到好多～
總之，若能正確知道犯人是否中槍，會使追捕方向更加精確。

應。雙氧水在這個反應過程中，會搶走還原酚酞的電子，使它變回普通的酚酞，因而呈紅色……」正說得口沫橫飛之際，手機響起，原來是媽媽催他們快到舅舅家會合。

於是她只能請求張倩讓她帶走藥品：「我第一次聽到還原酚酞這東西，很感興趣，可以讓我把這瓶剩下一點點的帶走嗎？我想做實驗，弄清楚它的性質。」

張倩很爽快的說：「這瓶只剩一點，妳就帶走吧！我實驗室還有很多。」

明雪把還原酚酞裝進手提袋，就跟弟弟一起搭捷運到舅舅家。

爸媽、姨婆、舅舅和舅媽都在客廳聊天，舅媽看到他們姊弟倆就說：「快去找智凱玩，他在房間裡睡覺，已經睡兩個鐘頭了，把他叫醒沒關係。」

但是當他們走進表弟的房間時，卻看到他趴在床邊嘔吐。

明雪急忙扶起他問：「智凱，不舒服嗎？」

智凱臉色蒼白，淚流滿面，痛苦的點點頭。明安趕忙跑到客廳去叫大人。

一群大人衝進房間，七嘴八舌的問智凱，但是他只會一直說自己頭暈，接著又吐了一次。

媽媽問舅媽：「他是不是吃到不新鮮的東西？」

舅媽慌張的說：「沒有啊！他快兩歲了，這個月開始，都跟我們吃一樣的東西。今天中午吃蛋炒飯，大家都沒事，怎麼可能只有他有事？」

「不然，是吃到什麼呢？」大家百思不解。

這時，姨婆想起來了：「他進房間睡覺後半小時，我進來看看他有沒有蓋被子，結果發現他正在嚼東西，手裡抓著我裝鐵劑的藥瓶。我把藥瓶搶下來，問他有沒有吃裡面的藥，他也說不清楚……該不會是吃了鐵劑吧？」

「鐵劑？妳沒數數看藥丸有沒有減少？」舅舅焦急的問。

「我也搞不清楚。醫生開鐵劑給我，說是要補血的，可是我常常忘了吃，大概只吃了兩、三顆而已……如果真的是智凱吃的，那大概少了十顆左右。但那不是補品嗎？吃了應該沒關係吧……」姨婆心慌的解釋。

媽媽問爸爸：「鐵劑到底有沒有毒？」

爸爸拿起藥瓶上的標示看了看，搖搖頭說：「這是硫酸亞鐵，毒性不強，不過如果兩歲以下的幼童吞食大量鐵劑，會對腦及肝造成傷害，有致死的案例，非常危險。」

「啊？那怎麼辦？」大家一聽有致死案例，全慌了手腳。

「別緊張，智凱到底是不是吃下鐵劑，還不確定哪！」爸爸安慰眾人。

明雪蹲下去，觀察地上的嘔吐物，發現呈現褐色。

她有一種不祥的預感，便向舅舅說：「請幫我準備棉花棒和雙氧水。」

明安愣了一下：「難道妳懷疑他吐血？」

明雪點點頭：「有可能，而且就算不是血，也可以看看是不是含鐵……」

舅舅不敢怠慢，立刻從家裡的急救箱取來棉花棒及雙氧水。

明雪模仿張倩剛才的做法，先用棉花棒在嘔吐物裡沾一下，然後從手提袋裡取出那瓶淡黃色的還原酚酞，滴了兩、三滴溶液在棉花上，接著滴入雙氧水，棉花立刻呈現紅色。

爸爸一看就說：「嘔吐物裡有血！我去開車，快點送醫院急診室。」

舅舅和舅媽慌張的抱起智凱，搭爸爸的車前往醫院，媽媽和明雪、明安則留在舅舅家，安慰自責不已的姨婆。

兩個小時後，爸爸從醫院回來，說智凱經急救後，已經比較穩定，但需住院治療。明雪一家人這才告別姨婆，回到自己的家。

第二天上午，電視新聞播出越獄犯人已經被捕的消息，但是明雪一家人最放心不下的是智凱，於是又趕到醫院探望。他的臉色已經沒那麼蒼白了，但仍虛弱的躺在病床上。

這時，主治大夫正好來查房，他對舅媽說：「幸好你們正確判斷出病人是吞食了大量硫酸亞鐵，我們才能在第一時間用碳酸氫鈉洗胃，沖洗出許多帶血絲的黏液，接著每四小時讓病人服用一次金屬螯合劑，幫助金屬排出體外。小弟弟恢復得很好，可能今天晚上就可以停止用藥，接下來仍要住院觀察幾天，確定康復後，才可以出院。」

舅媽指著明雪說：「多虧他表姊懂化學，檢驗出他的嘔吐物裡有血，我們才趕緊送醫。」

醫生感興趣的問：「喔？妳在家裡要怎麼檢驗？」

明雪便把昨天因緣際會取得還原酚酞，再配合家中急救箱裡的雙氧水，進行檢驗的過程說了一次。

醫生聽了之後，笑著說：「沒錯，我們醫學上也會使用這種方法。例如病人今天早上第一次排出的糞便，我們也用同樣的方法檢驗，發現仍然有血。」

明雪解釋：「其實我當時只想知道，他是不是吞食了硫酸亞鐵。因為含鐵的物質，例如：血紅素或過氧化氫酶，大多會催化雙氧水變成水的反應，所以無論他吐出來的是鐵還是血，應該都會使雙氧水變成水。在這個反應過程中，雙氧水需要搶兩個電子，一定會使還原酚酞變色。」

醫生在一旁不停點頭稱許：「嗯，妳的觀念真的很正確，小表弟也因此獲救囉！」

科學破案百科

刑事鑑識上，用來檢驗血跡的方法很多，除了 CSI 影集裡常用的發光胺（luminol，即俗稱的魯米諾、光敏靈）之外，本文所介紹的還原酚酞方法，也是常用方法之一，稱為 Kastle-Meyer 法。

還原酚酞的配製方法，是將酚酞放置在沸騰的鹼性水溶液中，這時酚酞呈紅色。在這個溶液中加入鋅粉，鋅粉作為還原劑，會使酚酞變為淡黃色的還原態。

Kastle-Meyer 法能檢驗血跡，主要是利用血紅素中含有亞鐵離子，與過氧化氫酶一樣，可以催化過氧化氫變成水的反應：過氧化氫搶走還原酚酞的兩個電子，使還原酚酞變成酚酞，而呈紅色。這個檢驗法很靈敏，即使樣本中血液只占一千萬分之一，也可以檢驗出來。

國家圖書館出版品預行編目資料

科學破案少女(重案版). 1, 靈光乍現的線索/陳偉民著.
-- 初版. -- 臺北市 : 幼獅文化事業股份有限公司, 2024.01
面 ; 公分. -- (科普館 ; 17)
ISBN 978-986-449-306-7(平裝)

1.CST: 科學 2.CST: 通俗作品

863.59 112018397

・科普館017・

科學破案少女 重案版1 靈光乍現的線索

作　　者＝陳偉民
繪　　者＝LONLON
出 版 者＝幼獅文化事業股份有限公司
發 行 人＝葛永光
總 經 理＝洪明輝
總 編 輯＝楊惠晴
主　　編＝白宜平
美術編輯＝李祥銘
總 公 司＝10045臺北市重慶南路1段66-1號3樓
電　　話＝(02)2311-2832
傳　　真＝(02)2311-5368
郵政劃撥＝00033368

印　刷＝崇寶彩藝印刷股份有限公司
定　價＝320元
港　幣＝106元
初　版＝2024.01
二　刷＝2024.06
書　號＝936061

幼獅樂讀網
http://www.youth.com.tw
幼獅購物網
http://shopping.youth.com.tw
e-mail:customer@youth.com.tw

行政院新聞局核准登記證局版臺業字第0143號

※本書為《大家來破案》系列改版新製